反派千金轉職成超級兄控

Akuyaku Reijou, Brother Complex ni Job Change Shimasu.

1

浜千鳥

Chidori Hama

Kadokawa Fantastic Novels

彩頁、內文插畫／八美☆わん

contents

characters

葉卡堤琳娜．尤爾諾瓦

利奈轉生而成的少女戀愛遊戲
反派千金。
天敵是「過勞死」。

阿列克謝．尤爾諾瓦

尤爾諾瓦公爵家的年輕宗主。
葉卡堤琳娜的兄長。

米海爾・尤爾古蘭

少女戀愛遊戲的主要攻略對象。
皇國的皇位繼承人。

芙蘿拉・契爾尼

少女戀愛遊戲的女主角。
平民出身的男爵千金。

米娜・芙雷

葉卡堤琳娜的女僕。

伊凡・尼爾

阿列克謝的侍從兼護衛。

反派千金
Akuyaku Reijou,
轉職成
Brother Complex ni
超級兄控
Job Change Shimasu.

弗拉迪米爾・尤爾瑪格那

尤爾瑪格那家的嫡子。

序章 ～社畜與反派千金～

——我是誰？這裡是哪裡？

大家應該覺得我在講什麼老哏，但現在這個狀況是認真的。超認真。寫作認真唸作認真。雙倍認真。

不，說真的，我到底是誰？

因為在我心中——有兩個我。

我的名字是雪村利奈。一個奔三的社畜系統工程師。

身在只會讓人覺得勞基法是什麼好吃嗎？這般的黑心企業，與日復一日接連襲來的，不講理的規格修改纏鬥，每天都忙到天昏地暗。通常睡眠時間只有三小時。應該說睡公司是基本，光是能回家睡覺就該偷笑了，這就是我的日常。

不知道該說幸運還是不幸，工作本身是滿有成就感的。當一個案子在趕死線時我總會被叫去幫忙，任務就是讓案子勉強趕上。雖然不會受人褒獎，但我認為公司對我的評價是肯定的。

沒錯，冷靜下來仔細想想就知道根本是被公司榨乾了嘛。真蠢啊～～哈哈是社畜～～

明明只要趕快轉職就好了，我卻過於適應社畜環境，每天都太埋頭於工作。當我覺得這樣不太妙的時候，想到的卻是連自己都感到有些意外的解決辦法。

為了滋潤心靈，就來玩少女戀愛遊戲吧！

不，去睡覺好嗎？現在想想，我好歹也休息一下吧。

但是工作過頭以至於腦袋運轉不太正常的我，就這樣掏出智慧型手機，隨便下載一個少女戀愛遊戲，在通勤的電車上玩了起來。而且，還為了有些意外的原因沉迷。

在奇幻魔法學園裡攻略王子殿下時，整個過程都肉麻到我快受不了。當劇情走到美滿結局時的甜蜜求婚橋段，對我來說根本形同拷問。明明看漫畫跟小說時比起愛情故事，我更喜歡打鬥類型的作品，到底為什麼會想下載少女戀愛遊戲啊？

然而，意料之外地，我喜歡上了一個角色。

對一個少女戀愛遊戲來說，反派千金似乎是一定會有的附屬品，我隨便選的這個遊戲也不例外。是說我選的這個遊戲，其實還滿老套的呢。這點在前述的奇幻魔法學園啊，主要攻略角色是王子殿下啊……應該就感覺得出來了吧。雖然設定是皇國的皇子殿下就是了。

不過有點少見（應該啦）的是，那個反派千金有個哥哥。

他的外貌完全正中我的好球帶。比起主要攻略角色的皇子或是其他可攻略的角色，我更喜歡他的長相。水藍色的頭髮，水藍色的眼睛，魔法屬性是冰。儘管是個超級美男子，然而眼神凶惡，表情又沒什麼起伏，給人冷淡的感覺。戴著單片眼鏡，好像很聰明。實際上他的設定也是學年第一的秀才，個性冷酷到無情。

而且就設定來說，他是公爵。並非嫡子，而是公爵。他明明也是魔法學園的學生，卻因為父親早逝，十七歲似乎就繼承了爵位。

更何況看起來像是二十幾歲，給人老……不不不，是給人成熟的感覺。

這傢伙啊！總之超寵那個反派千金，簡直把她捧上天了！

他都只會說些寵愛妹妹的台詞耶！

『妹妹啊，妳才是最美的。妳才最適合成為皇后。』

『就賭上我們公爵家的一切，來實現妳的願望吧。我的寶石。』

『即使是神，也不能讓妳感到悲傷。就算是皇子，我也絕不輕饒！』

畢竟是戲份很少的配角，配音員應該也不是有名的人，卻是個聲音低沉又好聽，說著這些話寵愛妹妹的哥哥。設定上說好的冷酷無情跑去哪裡了?哥哥未免太妹控了。害我笑出來。

但那個妹妹,說真的我覺得就是個傻孩子。不但只會對女主角做些無聊的惡整,追求皇子的招數也都滿歪的,為什麼還會覺得人家會喜歡上她呢?在禮服之類的地方花上大筆無謂的金錢,做出來的衣服實在太猛,甚至都讓人看不清她的臉了。

然而當哥哥不惜出資的錢,被拿去用在惡整上卻仍無疾而終時,他竟然還說著「抱歉,是我的疏失」並把錯攬在自己身上。不,你是事後才知道的吧。讓她自己承擔責任啊,這不就叫溫柔的虐待嗎?

我就像這樣一直在內心吐槽,一邊忍著笑,用關愛的心態守護這對反派兄妹,一邊繼續玩下去,追著他們兩人的劇情。沒錯,攻略對象的那個皇子根本一點也不重要了。於是就這樣玩到了定罪橋段。失控的妹妹企圖殺害女主角的事實被揭發之後,兄妹倆被剝奪爵位,家系斷絕,財產遭到沒收並淪為平民。

就連這種時候,哥哥雖然茫然,依舊緊緊抱著嚎啕大哭的妹妹耶。

明明反派被掃蕩之後應該要覺得很痛快才對,我卻不禁悲從中來。哥哥想讓妹妹當上皇后也不是為了要藉此壯大權勢,他只是一個疼愛妹妹的傻哥哥而已。即使看起來再成熟,這個人也不過是個十七歲的少年呢。

後來，我還是有把遊戲玩到最後結局啦，但只有痛苦可言。

或許是因為都在黑心企業做毫無回報的工作，過著沒有受到他人肯定的生活害的吧，看著那個無論如何都會全面肯定妹妹，卻又因為做得太過頭而有些扭曲的哥哥，我就會覺得莫名療癒。

倘若哥哥是攻略角色就好了。我還上網查了一下，但好像就連隱藏路線都沒辦法攻略哥哥。所以，在攻略過一次主要角色之後，我就不斷反覆玩同一個路線，全心全意地一直看著哥哥在妹妹身邊說上幾句台詞的場景。

……不禁想再對自己說一次。去睡好嗎？

但是啊，這時候我根本無法入眠呢。應該跟壓力有關，可能也有點憂鬱傾向吧。總之、我就是想逃避現實。

於是，我就這麼躺在家裡的床上，卻還是睡不著，於是一直玩著遊戲。玩到手抖得無法操作手機，眼前就轉成一片漆黑了。

大概是死了吧。叮——！

……真是個笨蛋，對吧。

我名為葉卡堤琳娜．尤爾諾瓦，是夙負盛名的尤爾諾瓦公爵家的女兒。

（對對對，這就是那個少女戀愛遊戲中反派千金的名字。哥哥叫作阿列克謝吧。那個世界觀裡就只有角色名字帶有俄羅斯帝國的風格。）

十五歲之後，為了進入魔法學園就讀，我有生以來第一次踏出公爵領地，動身前往皇都。對於直到半年前都還跟母親大人一起被軟禁的我來說，這個世界實在太過遼闊，甚至讓我感到害怕。

（咦？軟禁是怎麼回事？遊戲設定沒有寫耶。）

尤爾諾瓦公爵家是三大公爵家之一。謝爾蓋一世是皇國開國始祖彼得大帝的弟弟，同時也是他最忠誠的臣子，因此獲賜了在皇國中數一數二遼闊且豐饒的領地。家族中曾出過好幾位皇后，又或是有皇女下嫁，維持著高貴的血統，並以萬一皇帝的嫡系斷絕時，也足以繼承皇帝的家世為傲。我跟兄長的祖母大人也是皇女。

（真的假的，也太強了。就像是江戶時代的八代將軍吉宗，是從紀州德川家過來當養子那樣吧。原來你們家是像德川御三家一般的超級名門啊。）

祖母大人是個高傲又嚴格的人。縱使放眼尤爾諾瓦公爵家，身為皇女的祖母大人依舊是特別的存在，更是家族的中心。她深愛著自己的獨生子，也就是我的父親大人，並對從侯爵家嫁進來的母親大人……十分厭惡。

我從未見過父親大人——聽說在生下我之後，父親大人就不曾來到母親大人的住處——也沒有跟兄長大人見過面。似乎是因為他在出生後立刻就被帶去祖母大人身邊，也不允許母親大人去見他。

由於祖母大人一點也不在乎我這個孫女，我一直都是和母親大人一起生活。儘管小時候還過得去，生活卻是越來越嚴苛，甚至不被允許離開公爵領地的別館，只能待在淒涼的宅邸中，吃穿都不盡滿足。我跟母親大人就這麼相依為命，活了過來。

（原來是這樣啊！也太過分了吧，怎麼能這樣欺負媳婦！算什麼皇女啊，臭老太婆！）

母親大人總是一再囑咐我，一定要成為皇后……

如果成為皇后，就算是祖母大人也要對妳低頭，還能盡情做任何妳想做的事。所以一定要見到皇子，並成為皇后。然後，再來救母親離開這個地方。

她一邊這麼說著，那張依然美麗卻也憔悴不已的，跟我很相像的臉龐上，總是會掛著眼淚。

（原、原來妳是基於這麼沉重的理由在倒貼皇子的啊……總覺得很抱歉。）

母親大人原本就體弱多病，到了我十歲左右的時候，已經虛弱到幾乎整天都無法下床。

探視、陪伴母親大人以外的時間，我會透過房間的窗戶往外看。但能看見的只有少數幾位傭人，以及森林中隨著季節改變色彩的樹木而已。

然而，有一群人馬久久一次會通過宅邸前。

我總是很期盼看見他們。在那群放眼望去都是粗獷男性的中心，有一位看起來年紀跟我差不多的少年，因此我猜想他們或許是要去狩獵。由於宅邸中沒有其他孩子，我只有在那個時候才能看到同為小孩的人。有著一頭水藍色頭髮，臉蛋漂亮的那位少年，總是會一直盯著我們這邊，直到完全通過為止。

（哥哥……一定很想見媽媽吧。都是老太婆不讓他們相見，想說至少靠近看看，卻沒見到她的身影，只能這樣通過……嗚嗚，絕不原諒臭老太婆！）

直到半年前，這樣的生活彷彿「啪」的一下斷掉般告終。

公爵宅邸突然派遣使者，來到這處平常總是鴉雀無聲的別館，如此宣告──父親大人因為不幸的意外驟逝，祖母大人也隨他而亡。

接著說是新任公爵的命令，將我跟母親大人塞進馬車裡，就這麼把長年臥病在床的母親大人強硬地帶離。我一邊體驗著第一次感受到的馬車晃動，拚命地鼓勵母親大人，也一直輕撫著她。然而抵達公爵宅邸時，母親大人發著高燒，已經陷入意識不清的狀態。

儘管在公爵宅邸迎接的管家看到這樣的母親大人，立刻就鐵青著一張臉將使者痛罵了一頓，卻已難以挽回。管家隨即將母親大人帶進公爵宅邸，並下令安排醫師前來……但當時躺在豪華大床上的母親大人一臉蒼白，看起來甚至已經不像個還活著的人。

兄長大人就是在這時連忙來到房間。

然而，我當時並未察覺現身的就是兄長大人。他身材高挑，戴著單片眼鏡給人嚴肅的印象，我還以為是一位年紀更大的成年男性。

這時，母親大人睜開了雙眼。

他看著兄長大人，流下了眼淚。

「您終於……來了，亞歷山大大人……」

她說出口的，是父親大人的名字。

兄長大人一瞬間僵在原地，卻仍溫柔地說：

「我對不起妳……安娜史塔西亞。」

這就是母親大人的臨終場面。

於是，兄長大人從來沒被母親大人喊過一次自己的名字。

（咕嗚嗚……超催淚的！哥哥好可憐，妳也很難受吧。）

是的，兄長大人想必相當痛心吧。我能理解那種感受。

但兄長大人完美地達成了身為公爵要處理的所有公務。他替母親大人舉辦了一場排場盛大的喪禮，對於領地內的大小事也都瞭若指掌，看起來成熟到令人難以想像他跟我只相差兩歲而已。

兄長大人很憐憫我的處境，並對我非常好，不但替我準備寬敞又漂亮的房間、美麗的衣服，還有許多傭人。就如果仍住在別館時的我看來，他讓我過上了夢境般的生活，回去皇都後也不時寫信給我，處處顧慮著我有沒有想要什麼東西，或者是否過得不自在。

……但我從來沒有好好回應過兄長大人一句話。

總是說著「我不要」，推開他給的東西，擺出任性又過分的態度。就連要從領地去皇都的旅途中，即使兄長大人向我搭話，我也是頑固地沉默以對。

（這就是所謂的試探行動吧？遭受虐待的小孩似乎常會出現這種舉動喔。據說是為了辨明這個人是否真的是自己的夥伴。）

我很明白這麼做是不對的。但每當我想回應兄長大人的好，就會憶起母親大人的最後一刻，並莫名感到怒上心頭。

（因為她最後叫的人是哥哥嗎？但那是在意識不清的狀態下，將他跟你們的爸爸搞混了吧？）

肯定就連母親大人也不需要我吧。無論是祖母大人、父親大人，還是母親大人，只要有兄長大人在就已經足夠。那我……究竟又算什麼？

（啊——……這種心情很複雜呢。嗯。先別管那些冠冕堂皇的話，說穿了，也是有覺得不需要小孩這種存在的父母呢，雖然是極少數啦。而且既然是大貴族，就更會只重視長子吧，妳之所以覺得火大也是理所當然的。但妳家的萬惡根源是那個欺負媳婦的臭老太婆對吧？雖然不知道父親怎麼想，不過哥哥、媽媽，還有妳，全都是受害者。妳要是不爽，就把那個老太婆的名字寫在紙上，再用高跟鞋鞋跟狠狠踐踏一番之類，或是乾脆跳起來踹飛都行。像這樣拿哥哥出氣，妳自己也會不好受吧。畢竟妳的本性不壞嘛。）

高跟鞋的鞋跟？呵呵……謝謝妳。

不過，妳是誰？

（嗯……說不定……搞不好……

我想，我就是妳吧。）

砰！像是被世界彈開了一樣，我睜開雙眼。

只見天上諸神就在眼前。

（咦，這裡是天堂嗎？不不，這應該是畫在床鋪頂篷的圖吧。簡直就像文藝復興時期大師的畫作耶，有夠奢華～～）

我在想什麼呢？這裡是哪裡？

「葉卡堤琳娜！」

「哈嗚！」

身邊突然有人喊了名字，葉卡堤琳娜轉頭一望，安心了下來。

心中的人卻不禁抱頭仰天。

（何何何何等美男子！我從來沒親眼見過這種人，就連男演員也沒有這種高顏值！實在太正中我的好球帶，胸口感覺都要破一個洞了！）

待在床邊的當然就是我上輩子的男神阿列克謝．尤爾諾瓦。水藍色的頭髮、水藍色的眼睛。當然也戴著作為他個人特徵的單片眼鏡。

但這副模樣比透過遊戲畫面看起來要帥氣太多了！

透亮的白皙肌膚也太美。還有那雙眼睛的顏色，光用水藍色根本無法形容，實際上看起來就像是那個啦，會自己散發藍綠霓光的寶石帕拉依巴碧璽一樣。細長的眼睛給人聰慧的感覺，與完美的鼻梁及有些薄的嘴唇形成絕佳比例。

雖然就奔三女的視角來看，他那仍留著一點纖瘦的稚氣十分耀眼，但身體已經成長到有著男人節骨分明的感覺了。線條看起來並非可愛，而是帥氣。

（我在一瞬間未免看得太細了！）

「妳還好嗎，有沒有哪裡不舒服？要是連妳都失去，我……」

聽見那彷彿難受的是自己的聲調，我總算回過神來。

又讓兄長大人感到痛苦了。

（危機就是轉機！這是改善兄妹關係的大好機會！只要妳接受他的好意依賴他，哥哥一定會感到很高興！）

……這是……怎樣？

（啊～～人格分裂狀態……兩人份的思考同時在運行……）

頭好痛。

我不禁單手扶上額頭。

「葉卡堤琳娜……要叫醫生來嗎？妳只要點頭示意就好，可以給我回應嗎？拜託了。」

得告訴兄長大人我沒事才行。但是，我一直以來都在賭氣，事到如今根本不知道該怎麼向他開口才好。

（不然就把扶在額頭上的手，稍微往旁邊移動吧。）

抽離額頭的手，往旁邊移動之後……就像在朝著哥哥伸出手一樣。

阿列克謝不禁睜大雙眼。

回過神來，葉卡堤琳娜的手微微地顫抖著。

注意到這件事的阿列克謝牽起妹妹的手，以雙手緊緊包覆。

大大的手掌。好溫暖……好踏實。

葉卡堤琳娜看向身旁，與哥哥四目相對。

「兄長大人……讓你……擔心了，對不起。」

阿列克謝茫然了一下，隨即綻開微笑。那抹笑容十分溫柔，還帶著難以壓抑的喜悅。

「說什麼傻話，是我不好。抱歉，帶著第一次來到皇都的妳到處東奔西跑的。」

這麼說來……沒錯。抵達公爵家位在皇都的宅邸之前，兄長大人為了我，讓馬車繞去即將就讀的魔法學園。當我一看到聳立於正門後方的校舍，便像是有什麼東西從心底湧上

一般，就此失去意識。

（魔法學園的正門，就是在少女戀愛遊戲的開場影片中看過好多次的那個吧。也就是說以此為契機，記憶隨之甦醒了。所以說這裡是公爵家啊，難怪這麼奢華。）

上輩子的記憶。

（真的是什麼跟什麼呢。）

奔三社畜雪村利奈，似乎轉生成少女戀愛遊戲的反派千金葉卡堤琳娜了……

（咦，那再這樣下去會毀滅嗎？也有皇國滅亡的路線耶！）

「咦！」

妹妹的手因為嚇一跳而抖了一下，阿列克謝連忙鬆開。

「抱歉，葉卡堤琳娜。我看還是叫醫生來吧。」

「不，兄長大人。我並不是生病，還請你別叫其他人來。」

「但是……」

「比起這個，希望你……可以再握著我的手一陣子。」

聽了這句話，阿列克謝這次欣喜到表情都亮了起來。

「嗯，當然可以。只要是妳期望的，我什麼都能辦到。」

他一露出那種表情，成熟的感覺便褪去了些，看起來像個不適合戴單片眼鏡的少年。

（啊，哥哥害羞了……咕唔唔，好可愛！葉卡堤琳娜也卸下心防，真是太好了呢！好，我絕對不會讓你們走向毀滅，也不要再度過被當工具人到過勞死的人生了。我要折斷毀滅旗標，讓大家都得到幸福——！）

「好、好痛……」

「葉卡堤琳娜！」

（抱歉，還是先想辦法處理一下這個分裂狀態吧……）

反派千金跟社畜的人格，花了三天才融合在一起。

第一天，我在那之後便陷入沉睡，並在夢中體驗了兩人份的人生，還滿累人的。

第二天就覺得神清氣爽多了，所以我試著起身。但只要被一點小事嚇到就會昏倒，該說感覺像是兩個心靈同時動作，讓身體啟動了閉鎖機制嗎？就跟左右腳要朝著不同方向邁開步伐一樣，總之很不舒服。

第三天，在擔心不已的阿列克謝請託之下，我一直躺著休息，想說既然如此便試著看起了書。明明是從未見過的文字，我卻能暢讀無礙，覺得詭異的同時也認為理所當然。儘管有點昏頭，但繼續閱讀下去之後也漸漸抓到訣竅了。

回過神來時，心靈動作上的不自然感已不復在。

（雖然很累，但只花了三天算是滿快就適應了吧。）

人格是融合了，不過感覺只是保留了反派千金說話的口吻而已，社畜成分還是比較強，畢竟人生長度多了將近一倍。更何況葉卡堤琳娜的人生大半時間都被軟禁起來，沒有任何變化，所以這也是無可厚非的吧。

於是，披著千金小姐的皮的社畜就此大誕生。

「兄長大人，讓你擔心了。我已經沒事了喔。」

第四天早上，我對前來探望的阿列克謝投以微笑，並自信滿滿地這麼說，卻理所當然地不被採信。他依舊相當擔心。

「不，妳今天也要好好休息。妳的身體相當纖細又虛弱，才會昏倒那麼多次吧。不可以太勉強喔。」

傲嬌耶，這個人是真正的傲嬌始祖。

忘記是從哪裡聽來的，所謂傲嬌好像原本是指「對別人擺出尖銳又裝模作樣的態度，但只會在面對特定人物時格外溫柔」的個性，跟時下所說的傲嬌有點不一樣。

總之，阿列克謝在對待葉卡堤琳娜時一點都不會擺架子，只是一味地寵愛她而已。外表超冷酷的美男子，在這世上只會對自己一個人無條件又過度保護地寵愛的人生……也太好命了。

「我真的沒事了。甚至覺得自從出生以來，都沒像今天這樣迎來如此爽快的早晨般，非常有精神呢。簡直跟重獲新生一樣。而且，還有一個讓我不想一直休息下去的重要理由。」

葉卡堤琳娜換上嚴肅的表情。

「兄長大人，距離我進到學園就讀，已經剩下不到一個月的時間了吧。然而……我的學力實在過於貧乏！」

登愣——！

沒錯。直到半年前都還被軟禁的葉卡堤琳娜，沒有機會接受貴族千金應有的教育。

一般來說，貴族家庭當孩子到了五歲左右時，就會安排家庭教師開始進行教育……的樣子。然而，我直到十四歲都被置之不理。印象中，母親似乎曾要替我安排教師，結果就沒有下文了。大概是那個看不慣媳婦做的所有事情的臭老太婆出手妨礙的吧。妳要怎麼賠償我啊，欺負媳婦的臭老太婆，這下子都救不回來了耶。

雖然母親有教育過我一定程度的基礎，卻沒有合適的教材，何況母親後來也就此臥病在床了。半年前開始，兄長雖然有替我安排教師，但因為處在反抗期的狀態，我並未認真學習。因此，我根本不覺得自己有辦法跟上學園的課程。

更重要的是，我要就讀的是「魔法」學園，可說是以學習使用魔力的方法為首要目標的地方。然而現在的我，甚至就連魔力這種東西是否真的存在都抱持懷疑的態度。儘管在遊戲世界理應有魔力存在，但還是希望可以在學習用法之前讓我確認它真實存在。認知上明明仍處於這種階段，卻要我去學習課程，根本是太強人所難地不可能。

「兄長大人也是擔心這件事，才會比入學時間提早了一個月，把我帶來皇都吧？」

「……但是，妳的身體狀況才是最重要的。在學園的評價這點事，我怎樣都能處理。」

呃，喂喂喂喂。

難不成少女戀愛遊戲當中的葉卡堤琳娜，在學園的評價是以公爵家的權力灌水來的嗎……

「不過，我還是想念書。昨天兄長大人借我的那本歷史書實在非常有趣。」

這感想是真的，所以可以坦蕩蕩地講出來。說穿了，上輩子在出社會工作，轉職成社畜之前，我本來就是個歷女。

呃，雖然比起正經八百的歷史書，我比較喜歡歷史小說，不算特別專業的歷女就是了。但我也確實覺得他借我看的書很有趣，會讓我想再多了解一點。

「而且，我也找到想做的目標了。為此，我得多學習一些才行。」

「想做的目標？哦，是什麼？」

「我想學習多一點事情，希望可以了解法律等各方面的知識……進而協助兄長大人的工作。」

或許是這個目標太過出乎他的意料，只見阿列克謝睜圓了雙眼。

在我上輩子得知十七歲就成為公爵這個設定時，只覺得不以為意。

然而……仔細想想就覺得也是啦。光是這三天就讓我漸漸明白了。

公爵的工作量超級多到爆表！

拿上輩子所在的世界舉例來說，大概就是綜合商社的總裁兼任縣長的程度吧！

阿列克謝這三天都想盡可能陪在葉卡堤琳娜身邊，卻還是有許多文件，或是要等他做出決定的案件之類追著他跑。

光是我剛好聽見的，就有公爵領地內的礦山（竟然有礦山耶，好猛！）產量如何、某個村子因為發生坍方事故，造成多少程度的災害，因此要免除稅收，以及國外進口的食品品質太糟糕，要請他在申請賠償的文件上簽名云云。

當中讓我不禁豎起耳朵傾聽的案件，就是領地中那片遼闊的森林裡出現了巨大的龍，導致無法進入森林深處採伐受到特別訂購，樹齡四百年以上的黑龍杉，必須請他在向委託人報告本案會有所延宕的文件上簽名。且為了加強警備，也似乎需要申請追加預算……

「有龍出現」的奇幻感，再加上「報告書」、「追加預算」的日常感。實在有夠詭異……

總之，阿列克謝狀似非常忙碌。

但他這個人就是有辦法做完這些事情耶！

他的腦袋裡想必塞滿了公爵領地內的所有大小事。光是提出一個村子的名稱，他就能流暢地舉出該村位在公爵領地的哪裡、有著怎樣的地形、主要產物是什麼、人口大概有多少等等情報。

不只知識豐富，就連處事應對也很厲害。面對所有問題都能俐落精準地做出指示、彙整文件，非但能理解範圍如此廣泛的業務，更能領導統率。

多麼精明能幹的男人啊！十七歲就能做到這些事，已經是作弊等級了吧？我記得江戶時代的明君——上杉鷹山也是在差不多這個年紀當上藩主的，能跟這樣的偉人有得比，實在太厲害了。

這時，社畜驚覺一件事情。

總覺得……這樣是不是插下了過勞死的旗標？

工作就是會全都堆積到有能力的人身上啊！

才下定決心要折斷毀滅旗標，就見過勞死旗標（最終魔王）矣。

別這樣！

這種旗標該怎麼折斷才好？比起毀滅旗標，這個還比較棘手耶！

所以說，我才會做出那番要幫忙工作的宣言。

但阿列克謝只莞爾一笑……他不覺得我是認真的吧，會這麼想也是理所當然的啦。

「妳真是個體貼的孩子呢，葉卡堤琳娜。但工作之類的事情，妳無須顧慮。」

「是的，首先得從具備普通程度的學力開始嘛。」

葉卡堤琳娜毫不認輸，沒有正面回應阿列克謝的話。

「我答應你不會勉強自己。所以兄長大人，請你幫我安排好教師吧……要是這樣入學就讀，會讓我感到害怕。拜託你了。」

一邊這麼說著，一邊裝可愛地歪個頭，妹控的哥哥便爽快地頷首答應。明天開始就會安排一位家庭教師給我，太棒啦！

……反派千金的裝可愛招式，只會對哥哥有效而已吧……我得多加警惕自己，可別對其他人使出這招，一不小心搞不好還會讓人家退避三舍呢。

總之，明天開始就努力……達到一般人水準吧！

葉卡堤琳娜後天即將進入魔法學園就讀。

「歡迎回來，少爺。」

從皇城回到公爵宅邸的阿列克謝，面對在書房迎接自己的心腹部下鮑里斯・諾華克子爵，不禁回以帶了些惱火的應對。

「別那樣叫我。」

「失敬了，公爵閣下。」

諾華克一臉若無其事。雖然他一頭剃得短短的黑髮之間開始長出了一些白髮，但精壯的體格至今依舊魁梧，是個五十三歲的老練實務者。

他既是長年以來負責管理尤爾諾瓦公爵家領地的實權人物，也是自幼開始輔佐阿列克謝的人。不但從頭教導他如何經營領地，於公於私也都一直協助至今。阿列克謝會有現在這等能力，可以說是多虧了他。不過是一點不悅的心情，對他來說根本算不上什麼。阿列克謝唯有在他面前，才不會掩藏自己的情緒。

「三公會議開得如何呢？」

「跟平常一樣。瑪格那很不爽。」

所謂三公會議，就是聚集了尤爾古蘭皇國的三大公爵，且皇帝也會臨席的國策會議。

分別有阿列克謝身為宗主，坐擁礦山等豐富資源，位在北方的尤爾諾瓦。

位在面向大海的南方，藉由港口貿易之類而繁盛的尤爾賽恩。

以及擁有東方的大片遼闊平原跟湖沼地帶的尤爾瑪格那。

這三者的祖先都是皇國始祖彼得大帝的弟弟，也是坐擁了皇國要衝的家世。

三公通常都會省略共通的尤爾二字，以「諾瓦」、「賽恩」、「瑪格那」互稱。

阿列克謝讓侍從伊凡替自己脫下斗篷之後，重重地坐上了皮革椅。

「他還是一樣覺得既不公平又不滿，說只有自己吃虧，甚至要我們給他礦山或是港口的部分權益，實在有夠厚臉皮。我才想問他們坐擁那麼一大片農地，怎麼還會發展不起來呢？何況從建國當時到現在浪費公帑供應給大騎士團伙食的這筆帳，憑什麼非得要我們負擔？」

「是跟平常一樣，您看起來卻比平常更加不悅呢。」

被指出這一點，阿列克謝的臉也僵了一下。

「……他還侮辱了葉卡堤琳娜。」

『據說諾瓦的千金體弱多病，既沒有向教師學習過，似乎也從未受過其他家的邀請。小女伊莉莎白相當同情她這樣的處境，便說想邀請她來呢。小女就是這麼地善解人意啊！』

尤爾瑪格那公爵格奧爾基，三十八歲，有著一副練就得結實的龐大身軀，以及赤裸裸的野心。雖然他會這麼說，是虎視眈眈著想推崇自己的女兒成為下一任皇后的機會，同時卻也是對葉卡堤琳娜，以及尤爾諾瓦家的侮辱。這號人物以前就會對年輕的阿列克謝擺出教人難以忍受的輕視態度。阿列克謝至今對他的言行都是聽聽就算了，但這次著實抑制不住怒火。

「我已經很久沒有不小心降低房間的溫度了。」

「那還真是……」

有著強力冰屬性魔力的阿列克謝，若是情緒太高昂，就會不自覺散發出寒氣。只是他的自制心很強，自從懂事以來就鮮少發生這種狀況。何況還是在皇帝跟前做出這種事，憤怒之深更是可想而知。

「多虧賽恩公幫我轉移話題，並當作沒發生過這回事。畢竟他們跟下一任皇后的爭奪戰無緣嘛。」

尤爾賽恩公爵德米特里是年紀最大的四十五歲，他的孩子們都比皇子還要年長，也全部已婚。況且現任皇后瑪葛達蕾娜就是德米特里的妹妹，因此下一任皇后不可能出自他們家。德米特里個性灑脫又溫厚，做事毫無破綻，並透過港口貿易成為富商大賈。阿列克謝也對他抱持幾分敬意。

「葉卡堤琳娜大人的教師們，傳來了關於現在成績表現的報告。」

「這樣啊。」

阿列克謝接過資料，大致上看過之後，露出了微笑。

「這樣的表現，要跟上學園的課程應該不成問題。她很努力呢。」

「真不愧是閣下的妹妹，就連不曾學習過的歷史和地理，甚至魔法操縱，都已經充分學習到必須達到的程度了。況且原本有些科目她已經具備了足夠的學力。像是數學，甚至堪稱優秀呢。」

身為社畜的利奈以前是理科出身，當然能夠輕鬆解開高一程度的題目。更何況上輩子學習的數學教育程度比較高，現在的課程內容搞不好比那個世界的高一更簡單。

而且沒想到就連反派千金葉卡堤琳娜的知識也能派上用場。她從母親身上學習到合宜的言行舉止；軟禁她們的別館中雖然藏書不多，但在反覆閱讀下，她習得了文學知識，奠定紮實的基礎。

「據說是向夫人學習的。葉卡堤琳娜大人確實聰慧，不過夫人也很偉大。」

「……她是位賢明的人呢。」

阿列克謝的話聲沉了下來。

畢竟是自己為了迎接母親而派出的使者，導致母親死亡。他這一生大概都會受那段記憶所苦吧。

她在臨終之際看著他，喊出父親的名字。母親從未將他作為兒子的身影看進眼底的事實，想必也會伴隨著那段記憶，一同存在。

「似乎是老夫人下的命令，說夫人若是回到本家宅邸就要殺了她。沒想到在前公爵及老夫人相繼過世之後，依舊有人遵守著這個指示。全是我警戒不足所致，閣下並無罪過。」

「這是我的罪過，一生都不會弭平……葉卡堤琳娜卻原諒了我。」

『最難受的想必就是兄長大人了。過分的是祖母大人，以及沒能保護母親大人的父親大人。其實，母親大人也很想見見兄長大人，並將你緊抱入懷才對。』

這麼說著的葉卡堤琳娜像是要代替母親一般，抱緊了阿列克謝……那時，他沒能隱忍下第一次打從心底湧上的淚水。

「她是個溫柔的孩子。」

被迫離開母親，在祖母身邊接受養育的阿列克謝，成長過程中並非備受疼愛。

父親亞歷山大是個容易受人親近喜愛，且很會鑽窺門的人。他在母親的溺愛下成長，成了一個只對玩女人及賭博有興趣的懶人。他的父親，也就是阿列克謝的祖父謝爾蓋，才五十八歲就英年早逝，為此繼承爵位的他，將管理領地的工作全部都扔給諾華克處理，自己則四處玩樂。當然對兒子一點興趣也沒有。

雖然阿列克謝的外貌神似父親，個性卻跟祖父一樣天生一本正經。祖母對待這樣的他很是嚴格。阿列克謝從小就一天到晚都在學習，並被灌輸「父親不想做的工作，身為兒子就必須接手」這種話，因此雖然只有一部分，但他開始代為處理領主工作，是在祖父剛過世不久，年方十歲的時候。

儘管阿列克謝從那時候開始就是個成熟的孩子，但會希望母親能陪在身邊也是理所當然的吧。當時他向夢中的母親許下的願望，現在由與母親神似的妹妹實現了。

長久以來讓她們過著那麼辛苦的生活，就算遭受怨恨也不奇怪。自己的心願卻得以實現。

直到第一次見到母親和妹妹為止，阿列克謝作夢也沒想過她們竟是受到如此過分的對待。因為讓她們住進別館的人，正是祖父謝爾蓋。

曾任大臣及宰相等國家要職的謝爾蓋，是唯一可以抑制祖母的人物，也是值得阿列克謝打從心底尊敬，人格高尚的人，卻總是因為忙碌的工作而無法離開皇都，難以阻止妻子在公爵領地肆意妄為的舉動。所以他才會讓母親住進別館，並打點好一切，使她不受祖母的影響。實際上，祖父在世期間，理應有給予母親及妹妹生活上足夠的費用才對。

然而祖父死後，祖母悄悄解僱別館的傭人，甚至私吞生活費，讓她們無法過上正常的生活。沒辦法出門的她們，甚至陷入衣食欠缺的軟禁狀態。

本應繼承保護母親與妹妹職責的阿列克謝，當時終究只是個十歲的孩子，沒能及時發現這件事情。

第一次見到葉卡提琳娜時，她站在瀕死的母親身旁，是個枯瘦的孩子。那副瘦弱的身軀實在太過嬌小，身穿舊衣服。她明明是個公爵千金。

而且還用懼怕的眼神看著自己。

半年後相遇時，她長成了一位幾乎讓人認不出來的美人。雖然外表成熟許多，卻一點也不想跟阿列克謝交談。這也是理所當然的。

之後來到皇都，她突然倒下的時候，阿列克謝覺得心臟都快停了……然而當她恢復意識時，朝我伸出了手，並說希望我能就這麼握著那隻手。

縱使葉卡堤琳娜願意寬恕，阿列克謝依舊不打算原諒自己。他下定決心，只要是為了妹妹，無論做出任何事情都在所不惜。

「她真的是位溫柔的人。我雖然只跟她談過一小段話，但看得出來她既聰明，個性又開朗。魔力很強，容貌也相當美麗。頭髮及眼睛都是高貴的藍色，可謂尤爾諾瓦的藍薔薇。米海爾皇子殿下與葉卡堤琳娜小姐同年，一旦進入學園就讀，應該就會有很多接觸的機會。尤爾瑪格那的伊莉莎白小姐才十歲而已，情勢因此相當有利，有望奪下皇后寶座。」

雖然皇國國民有著各式各樣的髮色，但誕生於皇室的孩子多半有著藍色系的頭髮，是以藍色也被視作高貴的顏色。另外，三大公爵家的家徽都各自含有花朵，也作為各家的象徵。

尤爾諾瓦是薔薇。

尤爾賽恩是百合。

尤爾瑪格那是水仙。

三大公爵家之間的權力鬥爭，也因此被稱作「青花之爭」。

但是，阿列克謝搖了搖頭。

「不，我不會把葉卡堤琳娜交給皇室。那孩子昨天說了，她唯獨不想嫁入祖母大人成長的皇室。」

『我也有聽說跟我同一個學年的皇子殿下會入學就讀。母親大人生前希望我能邂逅殿下，並成為皇后，如此一來，就算是祖母大人也得對我低頭……但母親大人及祖母大人都已經不在了，因此，我一點也不想靠近那樣冰冷的地方。我希望能不與皇室有任何牽連，靜靜地在學園中努力學習。』

諾華克聳了聳肩。

「……貴族的千金小姐要為家族結婚可說是義務吧。您應該告訴她這件事呢。」

「但那孩子體弱多病，若要成為傳宗接代的國母，身體健康是必備條件吧。以這點來看，伊莉莎白小姐就比較有利了。倒不如讓給她，旁觀沒錢的瑪格那為了準備嫁女兒而火燒屁股的模樣也不錯。比起相互競爭，讓對手自取滅亡反倒比較有效率。只要用高利息借他們錢籌備嫁妝，我們甚至能揪著這個弱點到弗拉迪米爾那一代。」

阿列克謝有點饒舌地說了這一番話。不只是尤爾瑪格那的宗主格奧爾基，他跟對方比自己小一歲的長子弗拉迪米爾之間的關係也不好。然而真心話明顯就是不想讓直到最近好不容易才能跟他進行正常兄妹般交流的可愛妹妹嫁出去，諾華克不禁咯咯笑了出來。

「原來是……這樣的打算啊。」

看著一邊點著頭，但感覺就話中有話的諾華克，阿列克謝不禁挑眉。

「不過，實際上見到米海爾皇子殿下之後，說不定葉卡堤琳娜大人也會改變心意呢。聽說殿下也是個擁有帥氣容貌的人物。」

「……哼。」

被這麼一說就無從反駁了，阿列克謝皺起臉。

「無妨。若是那孩子想要殿下，就算要跟瑪格那決鬥，甚至挑起戰爭，我都在所不惜。即使得賭上尤爾諾瓦的一切，我也要讓她成為皇后。只要是葉卡堤琳娜想得到的東西，全都會是她的。」

第一章　進入魔法學園

坐在巨大的鏡台前，我再次仔細端詳自己的臉。

好個美人，還是個大美人。一頭上輩子不可能擁有的藍色頭髮，帶著宛如青金石的深沉光澤，自然又豐沛的波浪捲長及腰際。白瓷般的白皙肌膚，藍色的眼睛帶了點紫，呈現坦桑石一般的色澤。直挺的鼻梁，形狀漂亮的小小嘴唇柔軟又豐厚。是有點性感的類型。

而且說到身材啊，該～～怎麼說呢，已經長到不可理喻的程度了。

明明才十五歲，卻比上輩子奔三時還要大了吧？這到底有幾罩杯啊？還會繼續長嗎？腰圍更比上輩子細。

嗯……

一點也不適合爽朗的早晨陽光的類型……

明明還只是朵花蕾的年紀，外貌卻如此成熟。

也正因為成熟，缺少惹人憐愛的感覺呢。

可說是就算身後有著驚悚的古堡及轟隆的雷鳴，光是站著也不輸這番背景的氣魄美人。

比起可愛的微笑，更適合吊起單邊嘴角的冷笑，或是高聲尖笑。

但也沒辦法嘛！這就是反派千金啊！

「您相當美麗，大小姐。」

「謝謝妳，米娜……」

聽到在一旁待命的女僕米娜・芙雷淡然說道，葉卡堤琳娜只是有氣無力地答謝。

米娜是個穿起公爵家的女僕制服相當好看的，留著紫色鮑伯頭的冷酷美人。自從來到皇都之後，一直都是她這位侍女照顧著葉卡堤琳娜的起居。她說話總是如此平淡，表情也沒什麼起伏，給人一種人偶般無機質的印象，一開始也讓人感到有些困惑。

「您很緊張嗎？」

「是啊，有一點。」

我將手抵在臉頰上，嘆了口氣。這一天終於還是到來了。

今天，葉卡堤琳娜會跟阿列克謝一同離開在皇都的公爵宅邸，搬進魔法學園的宿舍。然後明天，就要進入魔法學園就讀了。

（儘管膽怯也無濟於事，但手還是會抖啊……）

在學園中等著自己的，是身為反派千金的毀滅旗標。以及當女主角無法通關某段劇情時的皇國滅亡旗標。

其中，我已經先針對毀滅旗標做好了準備。我向阿列克謝表示不願跟皇子結婚，也已經得到他的認可。

接下來就是盡可能不跟女主角和皇子扯上關係，也絕對不欺負女主角。這樣理應能折斷旗標。

比起這個，恐怖的還是皇國滅亡旗標吧。畢竟不是自己在操作，根本無從得知女主角有沒有通關那個劇情。

但是，女主角要是失敗……玩遊戲的時候，只要那段劇情通關失敗，之後無論再怎麼努力，皇國都一定會滅亡，一定會敗給統率所有魔獸的最強最終魔王，魔龍王。

所以，雖然可能會偏離遊戲劇情，但我只能盡量做到自己可以達成的事。懷著這個想法，我在魔力操縱的課程下了一番工夫。葉卡堤琳娜的魔力是土屬性，跟女主角不一樣。正因為不一樣，即使再努力，依舊不知道能不能算是通關了劇情。但家庭教師大力誇獎我的魔力很強，而且交代的作業我也全部都完成了。

不過說真的，最大的主因還是在於可以使用魔法樂趣無窮，讓我格外投入。

上輩子就算看到遊戲設定上寫著每個角色各自的「魔力屬性：什麼什麼」，也只覺得「是喔」就看過去了。畢竟角色可以使用魔法的遊戲多得跟山一樣。

然而轉生到那樣的世界之後，一旦體驗到自己「有魔力」，心情真的是無法言喻。既有雀躍的昂揚感，同時也覺得「真的假的可以喔」，感到難以置信。

不過，一回想起千金葉卡堤琳娜的記憶，就知道她在小時候曾受過母親大人啟蒙。一喚起那種感覺，就發現自己辦得到了。不如說能辦到才是理所當然的。

就上輩子來說，使用魔法有很多種模式。像是拿著魔杖吟出咒語之類，一如暢銷全球的奇幻小說那樣。

但在這個世界，比起「使用魔法」這個詞，多半都是以「魔力操縱」來表示。使用自己體內天生就具備的力量……連結世界，並進行控制的技術。

各位明白這個意思嗎？

嗯，應該不明白吧。感覺就像操控第三隻手動起來一樣，有的話會用是理所當然的，沒有的話再怎麼解釋用法也摸不著頭緒——就是這樣的東西。

然後，我的魔力屬性是土，因此對土發動魔力的話，會有種「力量灌注進去」的感覺，土地也會根據我流過去的魔力量動起來，或是變質。

我也不禁試著朝風或水一類，並非自己屬性的東西傳導魔力，力量卻灌注不進去呢。

原來屬性不同會有這種狀況啊。這讓我覺得很不可思議，卻又覺得理所當然。

啊，只是像遊戲或是漫畫當中常出現，喊出招式名稱的行為在這裡不可能發生～如果喊了，單純只會感到丟臉。

如此這般，在實踐魔力操縱時，我覺得情緒十分高昂。利用這座公爵宅邸的廣大庭園一隅，跟家庭教師一起漸漸使出高難度的控制技巧。但我應該一直散發出「再讓我多做幾次！」「再讓我做點更難的事情！」這樣的氣場。

最後，在進行操控土製人偶（也就是所謂的魔像）這個課題時，我忍不住讓它跳起了盂蘭盆舞那種奇怪的舞蹈，也逗笑了老師。總覺得有點抱歉。

不過也因為這樣，我們之間少了點隔閡，變得比較好聊了。可以聽見老師談起現在正在為可以進入學術院工作而努力，家庭教師只是臨時工作，以及有個年紀還小的女兒等，就結果來說還算不錯。雖然身材高大又有點嚴肅，但戴著眼鏡給人溫和印象的馬爾杜老師，謝謝你這段時間的照顧了。

另外，儘管奇怪的舞蹈逗笑了老師，但他說第一次做出魔像就能讓它進行這種程度的動作非常厲害，對我大肆讚賞了一番。

然而讚賞歸讚賞，也只是感到佩服的程度而已。我本來還有一點點期待可能會得到作弊等級的魔力當作轉生獎勵，看來沒有這回事，真可惜。

總之，折斷旗標的對策如上所述……

直到現實迫近眼前，我這才因為一個之前沒有考慮到的問題而開始緊張。

（進入滿是貴族的學園，人際關係也得妥善處理對吧？）

在這一個月左右的期間，我的學力應該已達到剛入學的這段時間都能蒙混過關的程度。我向家庭教師們坦承至今從未接受過教育，並讓他們將一開始要學習的範圍，採重點式集中教學。阿列克謝安排的教師們全是優秀的人才，應我的要求，用淺顯易懂的方式讓我學會這些。

然而啊可是……

我不小心忘了，學生生活可不是只有念書而已啊～

要聊什麼才好？

這個世界是不是也有流行的時尚或是受歡迎的演員等，那種一定會聊到的話題啊？我既不清楚也不懂，畢竟遊戲裡又沒有出現那種閒聊橋段。

被軟禁的反派千金，甚至沒有跟其他千金小姐見過面。

奔三的社畜當然是平民。日本的貴族制度早就被GHQ（駐日盟軍總司令部）廢止了，因此也沒有這種概念。

先別提毀滅旗標，入學這件事本身就好可怕啊。

這時，米娜牽起葉卡堤琳娜的手，從大拇指的根部附近開始按摩了起來。

「只要按壓這邊，就能緩解身體的僵硬感。當您覺得不舒服的時候，請這麼試試看。」

「謝謝妳。也是呢，感覺好像輕鬆了一點。」

一邊想著這個世界也有穴道的概念啊，葉卡堤琳娜露出淺淺的微笑。雖然剛剛才想著反派千金一點也不適合微笑，但在這情境下要是高聲尖笑，就只是個腦袋有問題的人而已。

總之，雖然沒什麼表情起伏，語調也很冷淡，但米娜是個十分細心的女僕。

「有妳一起陪我來到學園，真的讓我很高興。明天開始也請妳多多指教嘍。」

「不該對女僕說『請多指教』這種話，因為您是公爵家的千金小姐。」

「就算說了也沒關係吧。」

「大小姐真是個怪人。」

米娜很常對我這樣說。雖然我覺得會當面說千金小姐是個怪人的女僕應該也很奇怪，但我既不知道怎樣的女僕才是不奇怪，也沒把這點事放在心上。

「在這個國家，幾乎沒幾個身分像您這般高貴的人。而且去了學園，公爵也會與您相伴，請別這麼緊張。」

「是……是這樣啊……」

葉卡堤琳娜的表情有些僵硬。在遊戲裡看過淪落平民的結局，還想要我放心仰賴身分地位，實在過於強人所難。而且正因為阿列克謝也同在，才更不能把他捲進來一起毀滅啊！

「還是說，您會害怕其他千金小姐呢？倘若如此，您無須搭理她們，一直跟著公爵閣下，或是回到宿舍與我相伴便行了，我會保護您。雖然也只限在能力範圍內就是了。」

「我會保護您」。

天啊，也太帥了。冷酷美人女僕也太帥了。

呃，畢竟米娜只是個女僕，說到保護，頂多也只能讓我窩在房間裡而已。但她這麼替我著想，真的很令人感激。

而且，這確實也是個好方法呢！

逃避雖然可恥但有用。我會努力折斷旗標。但要是狀況不妙，就躲起來吧！

畢竟這段學生生活，在人生中也不過三年而已！

「謝謝妳，米娜。」

葉卡堤琳娜用雙手包覆米娜的手，綻開笑容。

「我打起精神了！」

換好衣服，走到玄關大廳時，阿列克謝早已等著我。

或許因為穿了比較正式的服裝，他光是站著，就像是畫中走出來的美青年身姿，再次讓我看得入迷。而且他還若無其事地將右手臂遞了過來，葉卡堤琳娜一邊在內心瘋狂尖叫，左手就這樣扶了上去。這既非手勾手也不是牽手，而是「護送」，更教人情緒高昂。

（活著真好！不，還是說死了真好？應該說重生了真好吧！）

我跟阿列克謝一起搭上馬車，往大馬路駛去。馬車的車輪發出嘎啦嘎啦的聲響，躂躂的馬蹄聲也摻雜其中。明明從領地來到這裡的旅程也是搭乘馬車，但現在上輩子的記憶復甦了，感覺更加有趣。

而且城鎮超美！

像是歐洲古都那般典雅的街景，一直延伸到遙遠的彼方。還有石造的高樓建築、聳立的鐘樓，以及途經的各地都設置的漂亮雕像。

「兄長大人，那是皇城嗎？」

「是啊，沒錯。」

屹立在皇都中心的皇城，就像某遊樂園的灰姑娘城堡那般美麗。

「哇啊，好雄偉的雕像！」

「那是彼得大帝。下一條街上也有我們的祖先，謝爾蓋公的雕像喔。」

「長得跟兄長大人相像嗎？」

「這個嘛，誰知道呢？畢竟那是五十歲左右時的身影了。」

原來如此。

「妳明明是第一次造訪皇都，這麼說來我都沒有帶妳去逛逛呢，抱歉。」

「是我說想學習的嘛。但是兄長大人，改天休假還請帶我參觀一下喔。兄長大人總是工作過頭了，一起放鬆一下吧。」

「好……只要妳想，就這麼辦。我們快到了，妳覺得還好嗎？」

啊！

一興奮起來，心情完全像在觀光一樣，都忘記要緊張了！

「妳之前才昏倒過吧。」

「這……這個嘛。兄長大人……可以請你握住我的手嗎？」

阿列克謝以雙手握住我伸出去的手。

在馬車緩緩行進的前方，能看見一扇大門。

此處占地十分遼闊，就連校門也很巨大。校內有著好幾棟校舍、宿舍、禮堂，甚至還有水池以及一小片森林——沒錯，我都知道。

尤爾古蘭皇國的魔法學園。這就是少女戀愛遊戲「無限世界～救世的少女～」的舞台。

遊戲的開場影片，場景就是隨著這扇門的開啟而展開。

之前來的時候關閉的大門，現在大開著。

上頭是一片無垠的藍天。

這只是一扇門。在那後頭可以看見的，也不過是一幢幢建築物。

「我沒事的，兄長大人。」

「這樣啊。」

明天就是入學典禮。

一定沒問題。我才不會輸給什麼毀滅旗標呢。

睡得真好。

今天就是命中註定的少女戀愛遊戲起點，入學典禮當天。臨睡前明明還在擔心不知道睡不睡得著，連我都覺得自己身強體壯，心境有些複雜。

環視了一圈還看不熟悉的宿舍房間，葉卡堤琳娜依舊覺得相當費解。

「早安，大小姐。」

「早啊，米娜。」

米娜拉開窗簾，朝陽灑進了寬敞的臥室內。

「寬敞的」、「臥室」。

各位察覺到了嗎？

分配給葉卡堤琳娜的房間，根本遠遠超出了學生宿舍的概念。不但有寬敞的臥室，還有更加寬敞舒適的客廳兼書房共兩房的格局，外加女僕用的小房間以及小廚房。

像這種特別房，在合計約三十棟左右的宿舍建築物裡，唯獨歷史悠久的其中十棟當中才似乎各備有一間，只有皇族或是公爵家的公子千金方可入住。

「請問您要在床上享用早餐，還是要替您拿到書房呢？」

「哎呀，不能去學生餐廳吃嗎？」

「特別房的餐點，都是從廚房利用升降機送過來的。」

總覺得……身分制度真厲害。明明同為學生，差距竟如此之大，到底是怎樣？說到上輩子的名校，應該就屬英國的伊頓公學了。但無論王族還是前去留學的日本皇太子，也都沒聽說會和其他學生有所區別。

但若是未來將成為，抑或是可能成為皇帝或皇后的人，便得格外提防被毒害之類的風險，或許也是無可厚非的……？總覺得兄長大人就算在房間裡也會埋頭工作，如此一來確實會需要這麼寬敞的空間就是了。

在遊戲裡看到的宿舍房間是雅緻的個人房。「因為魔法學園的學生幾乎都是貴族，所以不會跟其他人同住，而是個人房啊，真奢侈～～」這麼想的上輩子的自己啊，其實根本不止這點程度喔。

不過呢，如果事有萬一，要窩進這裡閉門不出最適合了！

於是我在床上吃過早餐，換上制服（應該說是人家幫我穿上。而且制服設計雖然可愛，但要說適不適合反派千金就有點微妙了），邁步朝著入學典禮走去。

在遊戲當中，「入學典禮」只是用旁白介紹遊戲的世界觀及故事大綱的引導部分。實際入學的現在當然不會只有那樣，而且還是以日本的入學典禮為雛型的那種例行儀式——新生得先在宿舍集合，並於在校生及來賓的掌聲之中進場就座。

公爵千金葉卡堤琳娜理所當然地被安排坐在最前排。幸好昨天晚上有睡飽，要是打瞌睡可就丟臉了。

在管弦樂隊席（禮堂裡竟然還有這種東西！）的樂師們演奏了莊嚴的音樂（類似國歌那種吧？）校長來賓也致上訓辭祝辭之後，就輪到在校生代表要致辭表達歡迎。

「有請在校生代表，阿列克謝·尤爾諾瓦公爵閣下。」

什、麼——！

（這種不都是學生會長要做的事情嗎？為什麼會是兄長大人？因為他的身分地位最高，成績也是首席嗎？或是學生會長感冒了，才會請他代為上台之類？再說，竟然會對一介學生加上爵位及敬稱啊！）

阿列克謝也隨著介紹登台。

（呀啊——！兄長大人好帥！）

這還是第一次看到哥哥穿制服的樣子，葉卡堤琳娜不禁興奮了起來。

儘管在遊戲畫面裡他總是穿著制服，然而和轉生到同一個世界之後親眼看見的又不一樣。魔法學園的男生制服雖然是搭配西裝外套，但硬挺的設計帶有軍服（不過裝飾也很多，應該說是軍禮服？）的感覺，與戴著單片眼鏡，給人的第一印象就散發著嗜虐氛圍的阿列克謝很相襯。

而且真的是身材高挑，腳又很長，跟剛才在台上致辭的校長及來賓一比，馬上就能看出體態有多好。

更何況兄長大人其實還是精瘦肌肉男呢！

這個世界的貴族男子都必須學會騎馬跟劍術，早上訓練時，他的長劍一揮就能將標靶砍成兩半，且胸膛跟肩膀等處都有結實肌肉，體型相當健美！

挺直背脊的姿勢也很棒！

面無表情，肌膚白皙的美貌散發出讓人難以想像他還是個學生的威嚴。阿列克謝信步走向講台，這樣的動作很明顯地吸引了禮堂裡所有人的目光。

一站到講台前，阿列克謝先是緩緩地從禮堂一側放眼望至另一側。就算在遠處也能看見那雙水藍色的眼睛，宛如自行綻放光芒的帕拉依巴碧璽般的視線。原本就不太嘈雜的學生們，現在更被他的氣勢所壓倒，全都安靜了下來，整個禮堂也陷入這天最寂靜的狀態。

這時，阿列克謝緩緩開口：

「各位新生——」

低沉好聽的聲音，響徹整個禮堂。

致辭的內容是就這個場合來說十分制式，歡迎各位成為光榮的皇國魔法學園一員之類的話，但由他說起來就是格外有分量。

能幹，實在太能幹了，兄長大人。

結束了不會太長也不會太短的演講之後，阿列克謝在掌聲之中緩緩離開講台。

直到這時他才捎來了視線，葉卡堤琳娜也悄悄地揮起手。

剎時，阿列克謝露出微笑。

雖然馬上就收回了，但唯有那個瞬間，他一改面無表情的神色，露出溫柔的笑容。

呀啊——！見到反差萌啦——！

「呀啊——！」

譁然。

啊！該不會是我把心聲喊出來了吧！

呃，不對喔，總覺得是從後方傳來的耶？而且感覺還掀起一片譁然。是不是後頭發生什麼事情了？

正當我這麼猜想時，主持人的聲音傳遍現場：

「有請新生代表，米海爾・尤爾古蘭皇子殿下。」

咿——！

在校生代表是公爵，新生代表是皇子！何等貴族與皇家的對決。入學典禮上就展開了貴族與皇家的對決。

「呀啊——！」

如今，在明顯的歡呼聲中，米海爾皇子驅步登台。

他頂著一頭宛如夏日天空般的藍髮碧眼，散發凜然氣息，卻有著讓人覺得溫柔又開朗的柔和臉蛋。身高已經算是高的，身體看起來卻像是還會繼續成長般纖瘦。

他縱使在全校學生面前站上講台，也絲毫不見一點緊張感，著實教人欽佩。

呼。葉卡提琳娜微微一笑。

（無感啦～～……啊——太好了。）

他確實是個美男子，根本超帥。比起給人冷淡印象的阿列克謝，傾心於米海爾的女生應該比較多吧。

但是呢！從上輩子的奔三女角度來看，十五歲還是沒辦法！

而且我喜歡的類型畢竟是能幹的男人！

就算現在自己也是十五歲，面對那樣可愛的小朋友，內心的小鹿根本連動都不會動！

兄長大人不但外表看起來像是二十幾歲，精神層面也很沉穩，讓人可以毫無窒礙地為他尖叫。但面對真的很符合年紀的小朋友，別說立起戀愛旗標了，甚至還會沉下去，沉到不見蹤影。

雖然之前不是沒有擔心過，自己會不會在見到皇子之後因為喜歡上他而失控，看來是多慮了呢。真是太好啦！

阿列克謝上台後變得鴉雀無聲的禮堂，現在雖然不至於喧囂，但也有些嘈雜了起來。女生幾乎都被一網打盡化作粉絲了吧。畢竟在他登場前，就有歡呼聲揚起了。

不，仔細想想，第一次揚起歡呼的時機果然還是很怪。會不會是因為兄長大人而起的反應呢？該不會他其實有隱性粉絲吧？畢竟兄長大人超帥的，身分地位又高貴，這也是當然的吧。

嗯。超帥、成績是首席，身分地位在國內位處頂尖階層，而且超有錢。

再加上……雙親（也就是公公婆婆）跟難搞的臭老太婆（也就是婆婆的婆婆）都已經不在了，以一個結婚對象來說，根本算是高評價……

儘管身分地位比不上皇子，但說不定覺得與其終將站上皇后這個壓力感覺就很大的立場，安居公爵夫人之位還比較好的女生也滿多的……？

這、這樣看來……

兄長大人——是個多麼優秀的對象啊（就結婚市場來說）！

錯不了，那肯定是鎖定兄長大人的女生做出的反應！

糟糕，我得保護好兄長大人才行！

……等等，我先冷靜點。

我是妹妹吧。

兄長大人總有一天還是會結婚。

如果造成他的困擾當然另當別論，但要是不分青紅皂白地趕跑所有靠近他的女生，反而會讓他傷腦筋吧？

啊！雖然公公、婆婆跟婆婆的婆婆都不在了，這麼說來還有我這個小姑嘛！

要是把將成為兄嫂的人視作礙眼的對象，就會變成是小姑在欺負媳婦了！

天啊～～縱使難受，但我得在旁靜靜守護才行。儘管我唯獨想從旁協助，好讓兄長大人可以跟能帶給他幸福，性格溫柔的人結婚……不過結婚畢竟是兩個家庭之間的事情，無論我這個妹妹說了什麼，應該都不會被當作一回事吧？

……不，等等，我再冷靜點。

從兄長大人這般地位來看，就算早已有個未婚妻也不奇怪。

因為沒有特地問過他這件事，他並未跟我說過。但說不定就連什麼時候要跟誰結婚這些事情，早就全都決定好了！對啊，很有可能！

倘若如此，該怎麼辦才好？得向他確認一下——

周遭響起掌聲，葉卡堤琳娜這才回過神來。

皇子的致辭結束了。

啊……皇子的話，我一句也沒聽進去。

皇子，不好意思啦。

「葉卡堤琳娜。」

入學典禮結束之後，才正要前往校舍，阿列克謝便走了過來。

「兄長大人！」

葉卡堤琳娜興沖沖地跑向哥哥。

「兄長大人，你剛才的致辭實在太厲害了。」

「嗯？喔喔。只是突然被叫去代為上台，沒說什麼厲害的話。」

果然猜中了，是代打啊。不過他說得還真稀鬆平常呢。

「比起我的致辭，妳應該更在意皇子吧？」

「咦？」

「米海爾殿下在我之後上台致辭了吧。妳覺得如何？」

咦～～咦咦咦咦？

怎麼會提到皇子？糟糕，難道是被他發現我在皇子致辭時，一直在想些奇怪的事情嗎？

「啊……殿下是吧。就是，那個……我覺得他說得很好……」

不行，連我自己都覺得這樣說也敷衍得太明顯了。

這個情況下不如直接坦承吧，兄長大人應該不會生氣。

「其實……我不太記得……他說了什麼……」

「……」

啊，隔了一拍。

他是不是覺得傻眼了啊～～但是但是，比起皇子，兄長大人的致辭真的比較好啊！這也沒辦法嘛！

「呃，比起這個，兄長大人！我可以問你一件事情嗎？」

「啊，喔喔，當然可以。」

「兄長大人，你有和哪一位千金小姐締結婚約嗎？」

「……啊？」

不，兄長大人，你也別當場愣住啊。

「不，我當然明白這不是我該插手的事情。但我可以在此明言，無論將成為兄嫂的是位什麼樣的人，我都絕對不會找對方麻煩！縱使同為女性間產生了嫌隙，我依舊能向你保證，絕對不會做出讓兄長大人困擾的事情！」

『絕對不可以欺負媳婦！』

心中永存這句標語！

葉卡堤琳娜不禁握緊拳頭，如此憤慨地說著。

「嫌隙……」

喃喃地重複這句話之後，阿列克謝不禁笑了出來。

……超稀有，兄長大人竟然會這樣笑出聲音，我還是頭一次見到啊。少了點成熟感，真是可愛。

但這可不是該笑的時候，婆媳問題恐怕是女人根本上的問題啊。雖然我沒當過媳婦，也沒做過婆婆就是了。

這時我瞄到對面有幾個要走向校舍的在校生，正茫然地看著阿列克謝。

「我、我還沒與他人締結婚約。」

一邊拿下單片眼睛擦著眼淚，阿列克謝這麼答道：

「我打算畢業後再處理這件事情，畢竟兼顧公爵領地的工作及學業的這段期間也無暇顧及嘛。況且，我會在妳嫁去一個好人家之後才會結婚，所以完全不用擔心嫌隙這種事。」

沒有未婚妻啊～～這讓我先鬆了一口氣。

而且拿下單片眼鏡的兄長大人，看起來更可愛了。

「我才是打算在見證了兄長大人的幸福之後，才會嫁出去喔。」

「如此一來我們可都結不了婚，以後只能相依為命了。」

「哎呀，那真是太棒了！我覺得這樣是最幸福的呢。」

因為兄長大人就是我的男神嘛！

「妳啊，真是孩子氣。」

儘管露出苦笑，阿列克謝看起來還是滿開心的。

「等妳再大一些，如果有遇到喜歡的對象要跟我說。只要是能讓妳幸福的男人，我會如妳所願。」

謝謝你，兄長大人。

其實我還摻雜了比你大上十一歲的奔三成分，真是抱歉。

畢竟曾經是太過喜歡並非攻略對象的兄長大人，並為了看那只有一下下的出場戲份，一分一秒都不浪費地玩著少女戀愛遊戲直到喪命的笨蛋，因此未來一直相伴的可能性非常大。

況且為了總有一天要折斷你的過勞死旗標，我才沒打算離開你身旁！

跟阿列克謝道別之後，葉卡堤琳娜急忙前往新生的校舍。

快要遲到了。幾乎所有學生都已經進入校舍，現在只能勉強看見幾個人的背影。

當我追著他們小跑步起來時，其中一人的背影吸引了我的目光。

是一位身材纖瘦嬌小的女學生。

一頭鬆軟的中長髮，帶著像櫻花一樣淡淡的粉色，光是背影就散發出惹人憐愛的氛圍。

——她眼睛的顏色是像紫水晶一般鮮豔的紫色。有著水汪汪的大眼、長長的睫毛，容貌完美地與這身可愛的制服契合。

光是這樣遠遠望著背影也不可能知道的情報，一股腦地湧上腦袋。

這也是理所當然的，因為，那就是我。

制服會這麼適合也是理所當然的，因為，這就是配合那個角色做出的設計。

明明沒有下指令，她為什麼能前進呢？

（不對，那是女主角啊！現在並不是在操作遊戲！振作點啊我！）

我……是誰？

雙腳頓時沒了力氣。

（糟糕，閉鎖機制啟動了——）

「葉卡提琳娜！」

感覺好像遠遠聽見了阿列克謝的聲音。

就這樣，我的眼前陷入一片黑暗。

第二章　女主角與皇子

「三天。」

三根手指直直豎立在我的眼前。

「請至少休養三天。公爵閣下嚴正吩咐，要是無法遵守，就要您休學並返回公爵宅邸。」

「不～～～～……」

就在那間寬敞的宿舍臥室內，儘管躺在床上的葉卡堤琳娜發出哀號，米娜的表情依舊不為所動。雖然她本來就沒什麼表情。

「這也無可厚非。明明早上還那麼有精神，竟然會昏倒。別說是早上了，您直到倒下之前，都還一如往常地跟閣下聊天不是嗎？就算您說已經沒事了，也不會有人相信。」

「但我真的沒事了啊……」

「這三天還請您不要外出，不然我可能會被閣下斬首。」

「怎麼可能……」

「閣下的長劍劍術相當了得。不過是人的頭，當然有辦法砍下。」

有辦法啊……

感到一陣乏力的葉卡堤琳娜閉上雙眼。

說真的，頭依舊很暈。一看到在遊戲世界中理應是「自己」的女主角，作為一個「他人」行動，身心就相互背離了。為什麼事到如今還會發生這種狀況？

（上輩子在玩遊戲時，確實是以芙蘿拉的身分體驗這個世界的。）

女主角名叫芙蘿拉．契爾尼。雖是平民出身，但在母親這個唯一的親人過世之後，與她的母親十分要好的契爾尼男爵夫婦便收她作養女。之後經過審查，發現她擁有強大的魔力，於是獲得進入魔法學園的許可——是這樣的設定。

我以為社畜跟反派千金的融合已經徹底完成了。但仔細想想，待在公爵宅邸時我一直都在念書，可能是因為環境改變，導致又變得不安定了吧。

（或許一如兄長大人的吩咐，多花點時間重新適應環境比較保險。）

想必這也讓阿列克謝很擔心。

（啊，糟糕！一說到這個就回想起來了！）

葉卡堤琳娜一倒下，他似乎就馬上察覺並飛奔而至。

而且好像是立刻將人抱起，送去醫務室。

葉卡堤琳娜恢復意識時——

（兄長大人！對我！公主抱！）

儘管一時還搞不清楚狀況，但一抬頭就發現阿列克謝那張秀麗的臉龐近在咫尺。

『兄長大人……！』

『葉卡堤琳娜！妳恢復意識了啊——』

當時，阿列克謝的表情悲痛到彷彿快要哭出來了一般。

接著，他的臉頰貼上葉卡堤琳娜的額頭，將她抱個滿懷。

（啊啊啊光是回想起來感覺都快流鼻血了！手臂、胸膛、肩膀都好溫暖啊！）

葉卡堤琳娜不禁以雙手覆住臉，在他的懷中掙扎了起來。

『兄長大人，我可以自己走。請放我下來。』

『不行。』

雖然有點憧憬被這樣公主抱，但實際體驗時會相當在意體重，感覺無比害羞。

可惜我的請託馬上就被駁回了。

『妳要是有個萬一，我也活不下去。妳就是我的性命……』

（我死啦——！兄長大人，妹妹被你這句話擊中而亡了！）

被萌到死並再也說不出話的我，就這樣被帶到醫務室。他有辦法完全不把抱著一個人的重量當一回事地走完這段路程，實在相當厲害，但說起來皇國的上級貴族男子，基本上都要鍛鍊到能穿著盔甲在戰場奔馳。儘管少女戀愛遊戲並未揭露如此滿腦肌肉的設定，不過根據轉生之後得到的知識，的確是這樣沒錯。

我躺在醫務室的床上，請阿列克謝趕緊回去校舍之後，他露出有點寂寞的表情對我說：

『今天妳不對我說，希望我握住妳的手嗎？』

那副模樣完全跟帥氣的大型犬垂著耳朵、一臉沮喪的樣子重疊了。直到剛才還光是一個眼神就震懾全校學生的你跑去哪裡了？

（戳中我的點啦！害我發現自己的新萌點了！）

當我差點脫口說出「不管是手還是什麼都請你握著吧」時，米娜來到了醫務室。

之後，負責陪我的人換成了米娜，阿列克謝總算回到自己的班上。

若非如此可就危險了。因為在阿列克謝的腦海裡，讓妹妹休學並回到公爵宅邸休養一陣子已是既成事實。由於從他口中而出的字句中感受得到這樣的決心，葉卡堤琳娜拚命地闡述對策，拜託米娜帶自己回到宿舍房間。

房間當然位於女生宿舍，禁止男子進入。這無關乎公爵權力，是另一個次元的絕對守則，是以阿列克謝沒辦法強硬地踏入並帶自己回去。

順帶一提，當我打算自己走回宿舍時，竟被米娜抱了起來，落得被女僕以公主抱抱回去的下場。輕輕鬆鬆就能橫抱起千金小姐，走起路來還很自在的女僕。太強了，關於我家美人女僕太強大這檔事。

「抱歉了，米娜。兄長大人應該很生氣吧？」

「是啊，一開始的確很生氣。但當我照著您先前的吩咐，對他說『大小姐對於要離開學園感到很悲傷，一直在哭』，公爵閣下便感到相當失落，怒火也全消了。」

「是、是喔……」

對不起。針對妹控這個弱點下手真的很抱歉，兄長大人。

雖然休學這招確實可以巧妙迴避淪為平民的毀滅旗標，但就不知道皇國滅亡旗標會怎樣了，所以我依舊不能離開學園。

為了兄長大人，葉卡堤琳娜也要折斷皇國滅亡的旗標！

於是，一入學就突然請假三天的葉卡堤琳娜，到了第四天終於到班上上課了。

一進入教室，班上的同學們都一齊屏息看過來，這全是阿列克謝護送我過來害的吧。

他在入學典禮上那番威嚴的身影，大家想必仍歷歷在目。而且，我身後還跟了一個幫忙拿書包的米娜。這裡的學生在老家應該幾乎都有女僕服侍，但能將女僕帶進學校的，只有宿舍住進特別房的人而已。

「葉卡堤琳娜．尤爾諾瓦的座位在哪裡？」

阿列克謝朝著附近的學生這麼一問，葉卡堤琳娜便走向對方畏畏縮縮地指著的座位，讓米娜無聲地拉開椅子之後坐下。

「那麼，我要回去自己班上了……如果覺得有一丁點不舒服，記得跟老師反應。妳的身體狀況絕非健朗，要更有警覺一些，好好保重身體。」

「好的，兄長大人。我會這麼做的。」

聽見這樣乖巧的回答，阿列克謝依舊狀似擔心地摸著妹妹的頭髮，隨後用銳利的眼神掃過教室，怎麼看都像在警告大家「要是妹妹有個萬一，絕不輕饒你們」的樣子。

葉卡堤琳娜覺得自己臉上的笑容都僵了。

「靜候您歸來。」

米娜在將書包遞給我時這麼表示後，儘管看起來仍然擔心，阿列克謝終究還是帶著米娜離開了教室。

……好了。

若無其事地瞧瞧周遭的反應吧。

嗯。

大家都退避三舍呢！

這也是當然的。這麼麻煩的傢伙，任誰都不想靠近嘛。

何況還這樣炫耀了自己的特別待遇。

再說，要是突然昏倒也很讓人傷腦筋。倘若還得被究責，誰受得了呢？

而且過了三天，女生應該都已經建立起自己的小團體了吧。

哎呀～～……真是傷腦筋呢～～哈哈哈。

唉。

總之先打個招呼吧。這麼想著，葉卡堤琳娜轉頭看向坐在隔壁的同學。

「那個……隔壁的同學，我叫葉卡堤琳娜．尤爾諾瓦。請多多指教嘍。」

聞言，坐在隔壁的少女有些訝異地睜大雙眼，恭敬地點頭示意：

「謝謝妳的招呼。我是芙蘿拉．契爾尼。」

我想也是。

在遊戲裡，葉卡堤琳娜也是坐在女主角隔壁的位子，雖然一向她打招呼便立刻發火就是了。

距離第一次到校上課已過了幾天。

課程方面，儘管我原本很擔心光靠臨陣磨槍的學力，要是應付不來該怎麼辦，但事實證明是杞人憂天。拜從家庭教師們身上學到的知識之賜，我上起課來還滿從容的。

特別是投注精力學習的魔力操縱，現在仍處於在教室裡學習理論及歷史的階段，家庭教師教導的內容反倒更加詳盡且深入。

不過，在魔力操縱的課堂上，仍然有讓我聽得格外專注的時候。

「會進入這所魔法學園的所有學生，都是在入學前經過魔力檢測，並保有達到基準的魔力之人。因此，學習能自在控制魔力的這項魔力操縱技術，便顯得非常重要。各位應該明白吧。」

這點就算了。讓葉卡堤琳娜特別注意的是在這之後——

「每年多少都會有同學誤以為就魔力操縱來說，實技課程比較重要，理論課程則沒什麼必要，但絕對沒有這回事。熟知理論及歷史再實際操作，能更加深入理解自己的魔力，也能達成較為精準的操控。所以在進入實務課程之前，會先安排一場小考。

一旦確認各位同學的知識和理解都沒問題，本月下旬就會在校內的演練場上進行實技課程。」

聽到老師這麼說，葉卡堤琳娜立刻用羽毛筆在筆記本上寫下「本月下旬」，並特別圈起來。

魔力操縱的實技課程。

皇國滅亡旗標。

要是女主角沒有通關這段劇情，最終魔王總有一天會出現，皇國想必將會滅亡。

總之，學園生活當中的學業方面就像這樣，算是有了好的開始。

至於人際關係……一如預料，葉卡堤琳娜到現在還是沒朋友。

唉，這也沒辦法。

不，其實也是有小團體過來搭話啦。在第一天進教室上課的午休時間，有人來約我一起吃午餐。當時我的確鬆了一口氣。

這卻是災難的開端。

我跟三人組的女生一起到學生餐廳吃飯。

接著馬上就這樣想——

（這下根本沒戲唱了。）

起初，那三人盡可能地吹捧葉卡堤琳娜，不斷說著毫無誠意的場面話，讓人聽了只能露出苦笑。見葉卡堤琳娜沒什麼回應，她們馬上就投入自己的對話中。

那些聊天的內容，說穿了全是壞話。班上的女生當中，她們似乎格外討厭出身平民（卻是個美少女）的芙蘿拉，還有以給人閃亮亮感覺（像是班級金字塔上層那種？）以伯爵千金為中心的小團體。

以及八卦。而且是捏造了毫無根據的醜聞，下定論般的說著「肯定是這樣！」「對嘛對嘛！」這種程度的內容。

聽她們講到這裡，我只覺得「天啊……」但聽到她們講出「對嘛對嘛！」我總算想起來了。

（啊——！她們幾個是對馬三人組啦！）

這三人竟然就是遊戲裡反派千金葉卡堤琳娜的跟班。

沒有設定名字，臉也毫無特徵，平常總是跟在葉卡堤琳娜身後，只會附和著「對嘛對嘛」的角色，所以我一時沒有發現。順帶一提，所謂對馬三人組，是我上輩子在玩遊戲時，一直聽她們說著「對嘛對嘛」，聽久了感覺很像「對馬對馬對馬對馬」，便擅自這樣稱呼她們了。

這樣不行。要是繼續跟她們混在一起，只會一路奔向毀滅旗標。

而且我已經受不了這些內容，不想再聽下去了。

隱藏起這樣的心情，吃完飯之後，葉卡堤琳娜很有公爵千金風範地優雅拿起餐巾擦嘴，霍地站了起來。

「不好意思。由於我得去找兄長大人，就先告辭了。請各位繼續慢慢享用。」

謝謝妳，米娜。一如妳的建議，苗頭不對便拿出兄長大人當擋箭牌，然後逃離現場！

實際上，我的確匆忙地逃離了她們。

但——是！對馬三人組很難纏。

只要葉卡堤琳娜一落單，她們馬上就會靠過來。無論逃了幾次，她們總會不氣餒地湊上來。雖然我內心一直想著，都逃跑這麼多次了，好歹也該明白我就是不喜歡妳們啊！然而她們似乎就是不明白。

看來她們是盤算著能不能分到一點尤爾諾瓦家的財產，或是葉卡堤琳娜的特權，才會這麼拚命。現在回想起來，最早的午餐邀約，她們說的話聽起來也是一副要敲竹槓的感覺。

……遊戲中的葉卡堤琳娜，該不會是被這些傢伙利用了吧？

課堂之間的下課時間，在學力方面仍無法完全鬆懈的葉卡堤琳娜帶著危機意識一邊預習、複習，並一再說著「現在沒有時間跟妳們聊天，真是抱歉」之後，她們總算沒有再靠過來。或許是因為下課時間也沒能分到什麼好處吧。

然後，三人很常聚在一旁，說著讓坐在葉卡堤琳娜隔壁座位，同樣也在認真預習、複習的芙蘿拉都能聽見的挖苦。雖然芙蘿拉完全沒有反應，葉卡堤琳娜倒是覺得滿厭煩的。

而且最讓人困擾的是午休，午餐時間。因為對馬三人組會靠過來，我沒辦法到學生餐廳吃飯。

既然如此，就請宿舍的餐廳幫忙做個三明治，帶去並坐在校園內的長椅上吃。但……

「尤爾諾瓦小姐～～」

一看到對馬三人組跑過來，三明治差點就要從我的口中噴出來了。

「竟然自己一個人在這種地方吃飯，這樣可不行呢，會被人笑的喔。」

這麼說著，三人組自己就竊笑了起來。

啊——夠了沒啊！

也不想想是誰害的。還有，不過是一個人吃飯，對奔三社畜來說太簡單啦！要是不跟別人成群結伴就活不下去的那種柔弱性情，根本沒辦法工作到死啦！

但我無法就這樣喊出來，只好靜靜地逃開她們了。

雖然不想給他帶來麻煩，但為了避開妖怪般的三人組，或許只能去找阿列克謝了。

如此下定決心，走向最高年級學生的教室後，葉卡堤琳娜嚇了一跳。

「妳要找公爵啊？他在辦公室喔。」

阿列克謝的同班同學這麼說道。

那個同班同學還是個肌肉運動類的大哥型帥哥。一頭宛如熊熊烈焰的紅髮以及金色眼睛，感覺十分友善，包容力又高，讓人對他抱持相當程度的好感。

咦？好像有這種類型的攻略對象耶。因為只玩過皇子路線，我對其他角色的印象都有點模糊。

「辦公室是指……？」

「喔，他似乎跟學園借了一間會議室，用來處理一些領地的工作。打從入學開始，午休時間跟放學之後他幾乎都會在那裡。」

兄長大人連在學園裡也在工作嗎！

是說打從入學開始？也就是說，還沒繼承爵位時就這樣了？

他回到宿舍之後一定又會念書到很晚……嗚哇——過勞死旗標可不是開玩笑的！

而且，同學也叫他公爵啊。雖然是爵位沒錯，但聽起來反倒比較像暱稱的感覺。

我照著親切的肌肉帥哥指引的方向前往辦公室。沒想到那裡的確是個貨真價實的辦公室。

阿列克謝面朝堆積著文件的大桌子，時而有部下，應該說領地的高層圍繞在他身邊報告；有時則會面向房內的另一張桌子寫些東西。那種辦公室或是高層專用室的氣氛，不禁讓我回想起上輩子。

還真的完全是工作模式！

「葉卡提琳娜，怎麼了嗎？」

「那個……我是想跟兄長大人一起吃午餐。」

聽到我這麼說，阿列克謝露出微笑，並陪我去學生餐廳吃飯。

然而，這樣占據他的時間，肯定會讓阿列克謝在放學後花上更多時間工作吧。而且也會給那些部下帶來困擾。罪惡感滿滿。

氣死人了，都是可惡的對馬三人組害的！

我問他平常都怎麼打理午餐，結果似乎是請學生餐廳將跟當天菜單一樣的餐點送過來。但如此一來飯菜都冷掉了。我試著提出意見：「不如請他們做些方便一邊工作一邊吃的東西如何？」阿列克謝卻只是聳了聳肩。明明應該是食慾最旺盛的年紀，但他似乎對吃沒什麼興趣。

嗯——

恐怖的事情是，對馬三人組就算到了宿舍也會不請自來，造訪葉卡提琳娜的房間。一年級學生的宿舍明明有十棟之多，為什麼會跟那三個人待在同一間宿舍啊？也太背了。

不過話說回來，遊戲裡的葉卡提琳娜跟對馬三人組，以及女主角芙蘿拉都住在同一棟宿舍……這、這也沒辦法吧。

後來那三個人很快就被米娜趕回去了。還以為她們會再多糾纏一下，反而嚇了我一跳。

「謝謝妳，米娜。妳是怎麼向她們幾位說的呢？」

「我只說了大小姐正在念書，接著一直盯著她們的脖子看，一邊想像要掐多久她們才會停止呼吸，並沉默不語。」

「…………………這樣啊。」

關於我家的美人女僕帶有變態人格這檔事。

不過，也多虧了她，就算了吧。我這樣真的好嗎？

「大小姐，那三個人……礙事嗎？」

米娜平淡地這麼問道。葉卡堤琳娜一時之間不知道該如何回答。

要是順口說了「礙事」，好像會發生恐怖的事情。雖然可能也不至於啦。

「也稱不上礙事，只是有點煩人而已。要是覺得她們礙事，反而有種輸給她們的感覺呢。」

「我明白了。煩人是吧？」

感覺還是有點不妙……不過算了。

「關於這件事，我會多方思考，並自己採取對策。所以米娜，妳就別擔心了。」

下課時間跟宿舍方面多少應該有些辦法，問題在於午餐時間。

而且我也想改善阿列克謝的飲食習慣。

沒錯！比起耗費心力在對馬三人組上，想著兄長大人的事情更讓人高興一萬倍。我想讓兄長大人知道吃午餐的樂趣所在！

畢竟連午休時間都在工作，完全就是上輩子的社畜嘛！

好。別想著怎麼處理三人組了。為了兄長大人，我就來挑戰看看吧。

但說不定這也會讓毀滅旗標的對策產生變更就是了。

隔天，一到午休時間，葉卡堤琳娜便趕緊展開行動。

要去的地方是學生餐廳，不過目的地是廚房。

畢竟是午餐時間，感覺滿對不起他們的。但我還是逮到一個工作人員，拜託他們將廚房的一隅借我使用。

沒錯，我想試著自己下廚。

上輩子的我從大學時代開始就自己在外獨居，平常也會下廚。當時來家裡過夜的朋友曾稱讚我做的料理，所以應該不至於難吃。

不過出社會之後，我都過著仰賴便利商店食物的生活就是了。

但是啊，問題在於這裡用的料理器具跟上輩子完全不一樣。

感覺像是很久以前，在某部知名動畫裡看過的，做出南瓜銀魚派等料理的那種廚房。

別說微波爐了，想必就連瓦斯爐也沒有。這樣到底要怎麼調節火力之類啊？

身為千金小姐的葉卡堤琳娜當然沒有料理經驗，所以不知道這個世界的烹調方法。

於是我決定過來親眼看看。

工作人員很爽快地說：「請進。」

「那裡還有空的流理台供您自由使用，還請跟另一位和平共用喔。」

聽到「另一位」這句話，葉卡堤琳娜並未感到訝異，不如說甚至感到安心。

看來選到正確的路線了呢！

去學生餐廳吃飯的話會被欺負，所以中午借了廚房，自己做便當。

這會連結到後來的餵食事件。

「契爾尼小姐。」

呼喚名字之後，櫻色的頭隨即轉了過來，睜大雙眼。

「尤爾諾瓦小姐……妳怎麼會來廚房呢？」

「其實是因為——」

才正要說明，葉卡提琳娜的視線忽然停留在置於芙蘿拉身前的竹籃上。

裝在附有藤編蓋子的竹籃當中的，是剛做好的便當。

那看起來——何等美味啊。

一眼看去，像是捲餅或鹹食可麗餅那種感覺，用薄薄的餅皮包著沙拉或歐姆蛋捲之類的食物，漂亮地排在一起。

當中有各式各樣的配料，看起來營養也很均衡。食材色彩的搭配以及方便食用的大小，看起來好吃到就算開店販售也不奇怪。

對對對，就是這種東西！我就是想做這種東西。如果是這個，兄長大人吃起來一定也會覺得很美味才對！

葉卡提琳娜不禁一把牽起芙蘿拉的手。

「這個便當看起來多麼美味！契爾尼小姐，妳很會料理呢！」

「咦……沒、沒這回事，我並沒有多厲害。」

「拜託妳，請教我做這個吧。我想做給兄長大人吃。」

「什麼？」

我向驚訝萬分的芙蘿拉說明了因為阿列克謝午休時間都在工作，對於飲食方面感覺沒什麼興趣，很擔心他有沒有均衡攝取營養。

「我從未自己做過料理，但我會盡全力努力。所以就算只有一次也好，能不能請妳示範做給我看呢？」

見我合起雙手，對她說著：「拜託妳了！」，芙蘿拉露出微笑。

「尤爾諾瓦小姐很替兄長著想呢。」

「妳肯幫我這個忙嗎？」

「這畢竟是庶民小吃，又是我們家吃慣的口味，不知道合不合公爵大人的胃口……」

這麼說著，芙蘿拉從竹籃中拿出一個可麗餅，遞給葉卡堤琳娜。

「如果妳不介意，還請先試吃看看。」

「哇啊，謝謝妳。」

耶～～我剛才就覺得很想吃了。

毫不客氣地咬下一口。裡面包的是馬鈴薯跟培根嗎？有點像是德式煎馬鈴薯的口感。

鹹味調整得剛剛好，辛香料的味道也很棒。

「這實在非常美味。妳真的好厲害啊。」

「謝……謝謝妳的稱讚。」

芙蘿拉稍微羞紅了臉，感覺很開心地笑了。

呼哇啊啊啊……

惹人憐愛。

背景好像都有花瓣在飛舞了。總覺得甚至連鳥兒都在高歌。

真不愧是女主角。

和適合古堡及雷鳴的反派千金就是不一樣。這樣就算是皇子也能手到擒來。

這正是美少女啊～

「不介意的話，就讓我幫妳吧。」

「太好了！這樣麻煩妳，真是抱歉了呢。」

如此這般，女主角跟反派千金展開了開開心心的料理時間。

還真的做得很開心。

她教了我調合餅皮的配方及爐灶的用法。可麗餅（？）的內餡有的是馬鈴薯沙拉，有的是德式酸菜跟脆腸，感覺有點像手捲壽司。

「妳很會煎餅皮呢。」

謝啦。畢竟我上輩子曾在大阪住過一段時間，對於將什錦燒翻面的技巧很有自信。而且也在可麗餅店打工過。

「這都是多虧了契爾尼小姐呀。妳的料理手法很純熟呢。」

「只是做久了而已。以前母親要出外工作，所以家事都由我來打理。」

「哎呀，原來是這樣。妳從小就負責幫忙家事，真是了不起。」

無論哪個世界，單親媽媽都很辛苦呢。有個可靠的女兒幫忙處理家事的話，媽媽想必也能稍微鬆一口氣吧。

「……我也是直到七個月前左右，都跟母親兩人一起生活。雖然對母親來說，我是個完全幫不上忙的女兒就是了。」

聽到這番不自覺的喃喃細語，芙蘿拉像是察覺了背後的意思，看向葉卡堤琳娜。

「直到七個月前……是嗎？妳的母親大人……」

「嗯，她過世了。」

「我的母親也是。同樣在七個月前……」

「哎呀……」

兩個少女看向彼此，淺淺露出微笑。

因為擁有遊戲的知識，我知道她的媽媽過世了。但聽見本人親口說出來，分量就是不

一樣呢。而且我也不知道竟然是在同一個時期。

儘管葉卡堤琳娜的原委滿悲壯的，但芙蘿拉也是母女倆相依為命，母親卻過世了，想必很辛酸吧。

嗯。

毀滅旗標對策，確定變更！

雖然之前決定總之別接近女主角，但還是跟她當朋友吧。

畢竟彼此都是班上落單的人嘛，不如說這才是必然的結果吧。如此一來，我還能遠離對馬三人組；相對的，就用公爵千金的威嚴來全力保護芙蘿拉不被霸凌。

再說，先不論什麼對策，感覺就能跟她變成朋友。

說到底，霸凌本來就絕對不行吧。對馬三人組的那些挖苦聽了就煩。

只要不接近皇子，毀滅旗標應該就不會立起來。總之別靠近他，也別跟他講話就好了！

由於不小心做了太多午餐，我請芙蘿拉幫忙一起拿到辦公室去。

「妳不但教我怎麼做，還幫忙我做這種事，真是抱歉。」

「我也做得很開心。反而應該是我要向妳道謝才對。」

她只要一露出微笑就會有花瓣飛舞。惹人憐愛啊～

雖然我也邀請她一起到辦公室吃午餐，但她非常堅決地拒絕了。畢竟那裡有著身為公爵的兄長大人，以及一群不認識的大叔，對她來說想必待起來也不自在。但芙蘿拉要是獨自吃飯，搞不好又會被找麻煩，我仍希望總有一天可以一起吃飯。

敲響辦公室的大門之後，阿列克謝的侍從伊凡便前來應門。看見葉卡堤琳娜的他睜圓雙眼。

「大小姐，您怎麼拿著這麼多東西……」

這麼說著，他連忙接過竹籃。不同於米娜，總是笑臉迎人、待人親切的伊凡，跟米娜同樣是很機靈的侍從。淺棕色頭髮與琥珀色眼睛給人溫柔的印象，身高也跟阿列克謝差不多，是個不錯的帥哥。

「謝謝。你可以幫各位沖杯茶嗎？」

「好香的味道啊。請問怎麼會有這些呢？」

「呵呵呵，這些是我做的喔。」

我不禁欣喜地笑著這麼說，他卻露出一臉驚愕。用不著擺出這麼誇張的表情吧？

「閣下，大小姐來了。」

重新振作起來的伊凡這麼一說，阿列克謝便抬起頭來。

「葉卡堤琳娜，怎麼了嗎？」

「兄長大人，我替你帶午餐過來了。」

「好像是大小姐親手做的喔。」

伊凡將竹籃遞上前去給阿列克謝看了之後，只見他也睜大了雙眼。不只是阿列克謝，就連在辦公室裡的其他公爵領地的幹部們，也都一起抬頭看向我。

有必要這麼驚訝嗎？

不過，這也正好啦。

「各位，要不要稍微休息一下，吃點東西呢？雖然只是輕食，但我試著下廚料理了喔。」

「下廚料理……難不成……」

「是的，兄長大人，我跑去借用了學生餐廳的廚房……那個，是有人一邊教我一邊做的，我想應該不用太過擔心。」

當我這麼說的時候，能幹的侍從伊凡已經擺好盤子，並從竹籃中將類可麗餅拿出來盛上。對了對了。突然想起還有一件事的葉卡堤琳娜，拿出了用紙整齊包好的一份給伊凡。

「這是你的份喔。為了不讓它太快涼掉，我特別包起來了。在替各位服務之後，你也慢慢享用吧。」

「也有我的份嗎？」

伊凡又驚又喜地收了下來。

伊凡也泡好了大家的茶。每個人都面對桌子，在辦公室裡展開午餐時間。葉卡提琳娜也借了一張空桌，懷抱緊張的心情等待大家的反應。

「……好好吃。」

聽見吃了一口的阿列克謝帶著些許驚訝如此低喃，葉卡提琳娜都要開心得飛上天了。

太棒啦～～！剛才那不是客套話！他是不經意說出來的嘛！

被兄長大人稱讚啦～～！

「這是平民會在路邊攤買來吃的那種輕食呢。我在學生時代很常吃這個，好懷念啊……哎呀，脆腸抹上了辣椒，真好吃。」

一邊緬懷一邊細細咀嚼的，是在幹部當中較為年輕的礦山長。他戴著眼鏡，給人一種學者的風貌，名字好像是艾倫·卡爾。

「這在皇都可說是家常菜。我老家最常見的內餡是炒洋蔥跟培根，但馬鈴薯跟培根也很美味呢。」

用饒富磁性的聲音這麼悠哉說著的，是阿列克謝的左右手，鮑里斯·諾華克子爵。由於諾華克家是尤爾諾瓦家的分家，我以為他是出身自公爵領地。但似乎是他在皇都擔任下級官吏時受到祖父謝爾蓋提拔，才入贅諾華克家的樣子。

「雖然在公爵領地是加上果醬之類當作甜點吃，但包入這種內餡也很不錯呢。他國也有類似的料理。」

備感興趣地端詳著料理的，是擔任商業流通長的哈利洛·塔拉爾，從那身褐色的肌膚就能看出是出身別國的人。他繼承了在世界各國都有其據點的大商會宗主的血統，不但對其他國家的事情知之甚詳，也會說很多國語言。

其他還有森林農業長、財務長、行政長、騎士團長、律師（法律顧問）等，共同組成了阿列克謝的智囊團工作，像是交替般進出這間辦公室，進行報告或是請求裁決。他們大多都是祖父謝爾蓋相中的人才，身為各領域中的菁英，可說是謝爾蓋留給孫子最大的財產。正因為有他們在，阿列克謝才有辦法兼顧學業及公爵的工作。

看著這樣的他們坐在一起吃著庶民小吃，閒聊著跟工作無關的事情，真是一幅難得一見的光景。

「我還是第一次聽諾華克聊起老家的事情。是位在皇都的哪一帶呢？」

「在城郊，閣下應該不知道那個小地方。前前後後算起來，我也已經有二十年沒回去了……應該變了很多吧。艾倫，你呢？」

「我也很久沒回老家了，畢竟是五男嘛。老家那邊搞不好都忘了有我這個兒子呢。」

「五男已經算好了，我們家光是兄弟就有十人呢，因為父親有三位妻子。」

「那還真是厲害啊，哈利洛。」

男性們齊聲哄堂大笑——卻像是想起葉卡提琳娜還在，突然就噤聲了。

「各位，請不用顧慮我。看大家聊得這麼開心才是最重要的。」

葉卡提琳娜微微一笑。上輩子的職場生活中，無論性騷擾還是職權騷擾，我全都體驗過一輪了。即使他們因為有三位妻子的話題而感到顧慮，我也只覺得那算不上什麼。儘管聊吧。

「我平常也沒什麼機會跟大家聊這些。都是多虧了妳啊，葉卡提琳娜。」

「光是能讓兄長大人覺得開心，我就很高興了。」

葉卡提琳娜露出滿面笑容地呵呵笑了幾聲。以迴避過勞死旗標的對策來說，雖然時間不長，但能這樣轉換心情依舊是好事。

「明天我也再做點東西，帶來給各位享用好了。」

我這麼一說，阿列克謝就皺起了臉。

「妳有這份心讓我很高興，不過還是別親自下廚了吧。我會吩咐廚房做點這樣的東西來，妳就別再做了。要是受傷該怎麼辦才好？」

「但兄長大人也不太想讓他們做這些東西吧？還是盡量別太要求學園給予特別待遇比較好，否則會傷了尤爾諾瓦公爵家的聲譽。會這樣顧慮也是理所當然的呢。」

「唔……」

啊，我就知道。

在飲食方面不太拘泥確實是原因之一。但我覺得他也會在意這方面的事，果不其然。先前明明說過「如果是為了妳，成績這點小事要怎麼處理都行」這種話，但一遇到自己的事情就這麼客氣，真的很像兄長大人的作風。

「我們班上有位會自己做午餐的同學。今天跟她一起下廚，一起聊天，我覺得很開心，還請讓我繼續做下去吧。」

「……如果妳想，那就去做吧。」

儘管有些不甘願，阿列克謝依舊點頭答應了，這也讓幹部們頻頻在旁憋笑。在工作方面絕對不會流於私情的阿列克謝這麼寵愛妹妹的模樣，對他們來說著實莞爾。

阿列克謝他們又繼續開始工作之後，葉卡堤琳娜也留在辦公室處理一些瑣碎的事情，直到午休時間即將結束，阿列克謝的工作也告一段落，兩人才分別回到教室。

阿列克謝離開之後，幹部們仍會在辦公室裡繼續工作。他們將根據在午休時間決定的方針向部下做出指示，或是彙整成資料，該做的事情多如山。直到阿列克謝放學後回到辦公室之前，他們得將這些工作做到一個階段才行。

「真沒想到竟然可以吃到大小姐親手做的料理呢。雖然是第一次見到，但葉卡堤琳娜大人真是美麗又體貼，何況還如此替兄長著想。一想到公爵閣下身邊終於有一位會照顧他的家人，總覺得很感慨啊。」

艾倫開心地這麼說道。

「我也同感。但那位大人的優點似乎還不只如此呢。諾華克卿，你覺得這個提案如何呢？這是葉卡堤琳娜大人的點子。」

「竟有此事——這是什麼，貨物馬車？」

諾華克接下哈利洛遞來的資料，露出狐疑的表情。

「這是從以前就一直得不出結論的，關於公爵領地的商業活性化計畫。葉卡堤琳娜大人看了那份資料之後，提議要不要活用之前在給艾倫卿的報告中看過的，從礦山運送原料金屬到皇都的貨物馬車。」

「利用原料金屬的貨物馬車，促成商業活性化？」

艾倫歪過了頭表達疑惑。哈利洛則露出微笑。

「當貨物馬車從皇都回到公爵領地時，車斗是空的。既然連回程都安排了護衛，不如就用便宜的價格，幫那些因為沒有自家馬車而無法到皇都進貨的小型商店運送商品回去。她說，如此一來，販售皇都商品的店家增加，應該也能促進商業活動才對。仔細想想，我老家商會持有的貨船也會盡量在來回兩趟都裝載貨品，貨物馬車想必也同樣能如此運用。」

「……」

諾華克認真地看起這份資料。

「雖然商業方面的事情並非我專長……但我認為這乍看之下像是靈機一動的點子，其實是一項劃時代的提案。我們總是不禁會將事情分割思考，因此，能超脫框架，柔軟地綜合思考的人才相當罕見。」

對於艾倫的這番話，哈利洛也點頭認同。

「沒錯。不諳世事的深閨大小姐竟會想到這樣的提案，令我感到震驚。真不愧是閣下的妹妹，謝爾蓋公的孫女呀。」

要是葉卡提琳娜聽到這樣的評價，應該會在內心大喊：「我只是上輩子開發過物流系統的奔三女而已啦！過獎了！」

不過，這只是起頭而已。

趕在下午一點的課開始之前抵達教室的葉卡堤琳娜，一邊慌忙地做著準備，一邊朝隔壁座位投以微笑。

「剛才真是非常謝謝妳。多虧有妳的幫忙，兄長大人也覺得很開心喔。」

「那真是太好了。能幫上妳的忙，我也覺得很高興。」

芙蘿拉也對我回以笑容。然而耳邊傳來這樣的聲音：

「卑賤的人還這麼厚臉皮，真是惹人厭。」

「對嘛對嘛。」

（妳們做什麼自我介紹啊！）

感到氣惱的葉卡堤琳娜才想狠狠瞪她們一眼，卻早一步發現……

芙蘿拉正低著頭。她平常明明都是華麗地無視對馬三人組這樣的找碴。

正覺得不對勁，就看見芙蘿拉的制服上有著些許髒汙，看來是沾到泥土了。

這讓我瞬間怒上心頭。

那些傢伙真的對她出手了是吧！

……或許老師在這個時間點現身反而剛好。否則我差點就要跟對馬三人組當面吵起來，並演變成一群女人打成一團的場面了。

可惡，這下子該怎麼辦才好？

「芙蘿拉小姐，方便借點時間嗎？」

完全聽不進去的課堂結束之後，葉卡堤琳娜馬上湊到芙蘿拉身邊。

「好……好的。」

芙蘿拉驚訝地睜圓了眼。感到費解的我這才發現自己不小心就叫了她的名字。

那也只好照這樣進行下去了。

「不能直接叫妳的名字嗎？」

「並不是這樣！還請妳這麼叫吧。」

「太好了，真令人開心。也請妳直接叫我葉卡堤琳娜就好。」

「但是……」

「這會讓妳感到不高興嗎……聽了妳母親大人的事情之後，我總覺得湧現相當親切的心情，也希望能跟妳成為朋友……」

「怎麼會覺得不高興！」

芙蘿拉左右搖著頭，一頭鬆軟的櫻色髮絲跟著晃動。

「只是，我們之間的身分差距太大，實在不配作妳的朋友……」

「我不會勉強妳。但若妳能這樣叫我，我會非常開心。希望妳能明白這點。」

「好、好的。那個……能聽妳這樣說，我也覺得很高興。」

白皙的臉頰刷上淡淡緋紅，芙蘿拉露出了微笑。哎呀～還真的一如名字，簡直就是花朵的精靈。

話說回來，我現在才發現，在名字基本上都帶點俄羅斯風格的這個世界來說，芙蘿拉這個名字聽起來有點異國風情呢。上輩子的我未曾注意到這點。有點像是日本人取名為瑪麗亞的感覺吧。雖不到閃亮亮名字的程度，卻有些罕見。

「芙蘿拉小姐，不介意的話，方便借我看一下筆記嗎？因為看妳平常都很認真在寫筆記呢。」

「當然可以，請看。」

「謝謝妳。我的筆記是像這樣。」

「哇啊！寫得好精美啊。」

還好啦～這完全是照新人訓練時學到的「商務人士筆記技巧」實踐的而已。

話雖如此，這個世界並沒有螢光筆那種彩色的筆，所以看起來也沒多厲害就是了。何況筆記用具還是羽毛筆。看起來雖然漂亮，但筆桿太細很難拿，又只會吸上一點墨水而已，筆記寫不到一行就要再浸入墨水瓶了。再加上筆尖很快就會變鈍，還得用刀子削尖才行……有沒有人可以快點發明好寫一點的工具啊。

芙蘿拉寫下筆記的字漂亮又好辨識，而且就連老師口頭說明的內容都有整理進去。

「妳的筆記寫得漂亮又整齊，很有參考價值呢。這個地方我沒有記到，可以借妳的抄一下嗎？」

「當然可以。」

這時，一旁傳來話聲：

「竟然以為人家的客套話真的是在稱讚呀，真是看不下去。」

「對嘛對嘛。」

……

葉卡提琳娜摀住一側的耳朵，稍微歪了頭，笑了一聲：

「不知道是不是最近天氣變暖的關係，小蟲真是煩人啊，時不時就會聽見嗡嗡嗡的雜音呢。」

芙蘿拉睜圓了眼，並不禁輕聲一笑。

「要是覺得太煩，乾脆叫人來趕走好了……哎呀，抱歉，我自言自語了起來。」

芙蘿拉聞言，只是搖了搖頭。

光是她沒附和著我說出「請趕走吧！」就能看出品性的差距了呢。

不過如此一來，對馬三人組也能明白尤爾諾瓦公爵千金是站在芙蘿拉那邊的吧。姊既不想跟妳們混在一起，下次膽改再來找她麻煩，也不會隨便放過妳們啦。

「芙蘿拉小姐，明天也能請妳教我料理嗎？」

「妳不嫌棄的話，當然沒問題。」

為了不讓芙蘿拉被霸凌，我打算黏著她好一段時間。但也是直到她展開跟皇子之間的劇情，並由他來保護為止就是了。

為此，我就跟她一起料理，一起念書，並提升好感度吧。

……呃，怎麼有點像在提升攻略對象的好感度？

反派千金攻略女主角，是哪來的笑話啊。遊戲裡可沒有這種百合路線。

雖然，當時我是也沒破關遊戲的所有路線啦……

但照理來說，應該沒有吧。

隔天，葉卡提琳娜跟芙蘿拉也一同做了午餐，並抱著竹籃一邊閒聊，一邊走向阿列克謝的辦公室。

走廊上四處投來像是看到奇妙景象般的視線。這麼說來，兩人分別是在這所魔法學園的女學生當中地位最高的三大公爵千金，以及地位最低的平民出身的男爵千金，可說是相當神祕的組合。

不僅如此，兩人都是美少女，就這點來說也備受注目。雖然其中一個人太有魄力，倒不如說是美女。不過正因如此，男學生的視線也更為熱情。

「……諾瓦公爵千金不過是有名無實又恬不知恥的女人吧。」

突然聽見這樣一句話，葉卡提琳娜不禁皺起了臉。

講這話的是誰？

然而，我馬上就無暇顧及那種事了。

「嗨。」

一旁的教室，靠近走廊的窗戶邊，突然探出了一顆猶如夏日天空的頭。

（呀啊——！皇子出現啦——！）

葉卡提琳娜不禁退避三舍，而且還是真的差點就往後退了。似乎是不知不覺間，認定皇子就等同於毀滅旗標的樣子。

「殿、殿下……您好。」

「葉卡堤琳娜．尤爾諾瓦小姐，這麼突然的招呼真是抱歉。不用這麼拘謹喔。」

本來打算略提起裙襬並稍微彎下腰向他致上正式的行禮，卻因為大大的竹籃礙事而難以辦到。或許是明白這點，米海爾直爽地這麼說。不只髮色，他就連笑容都像是夏日的天空般，明亮得甚至令人眩目。

恭敬不如從命，葉卡堤琳娜便只有低頭致意，芙蘿拉也跟著這麼做。

不過，剛才皇子叫了我的全名對吧？

「不好意思，嚇到妳了。我跟弗拉迪米爾都曾聽阿列克謝說過，他有個名叫葉卡堤琳娜的妹妹。入學典禮時，我在舞台邊看到妳向阿列克謝揮手，才知道妳就是他的妹妹。」

……原來兄長大人跟皇子有交情啊。

但仔細想想也是理所當然的，畢竟他們年紀相仿，多半從小就會被叫去陪皇子玩，或是當他聊天的對象吧。

而且皇子的眼力還真好啊！

不過，弗拉迪米爾是誰？

我才這麼想，米海爾就朝著走廊前方瞥了一眼。

隨著他的視線看去，只見有個一頭淺藍紫色頭髮的男學生站在那裡。他的嘴角斜斜地勾起諷刺般的笑意，是個會讓人不禁打起冷顫般的超級帥哥。

……應該說，是可能會變成那樣的高中生。

雖然從衣領的級別章看來，對方是二年級的學長，但那張光滑的臉蛋還真是可愛，有著沒化妝的視覺系樂團團員的氛圍。儘管是個非常厲害的美型男，不過希望他不要長歪。

從略長的瀏海間稍微窺見的雙眼，是帶點灰色的綠。

「Green-eyed Monster」。

不知為何，我的腦中浮現了這句台詞。莎士比亞老師，對不起。

總之，直覺讓我搞懂了，剛才說我恬不知恥的就是這傢伙。

「弗拉迪米爾，你有事要找葉卡堤琳娜小姐嗎？」

米海爾向他搭了話。但弗拉迪米爾只回了一句「沒有」就轉身離開了。對皇子擺出這種態度好嗎？

短暫望著他離去的背影，米海爾再次對葉卡堤琳娜投以微笑。

「昨天我也看到妳提著竹籃走過去，所以有點在意。妳要去哪裡呢？」

嗯？

「是的……就是……」

之所以一時之間說不上話來，並不是因為在意剛才那個奇怪的傢伙，也不是因為沒想

到會和皇子聊起來。而是因為米海爾的這句話，刺激了我上輩子的記憶。

在少女戀愛遊戲中不知道玩過幾次的路線。女主角帶著自己做的午餐走在路上，引發皇子的興趣而向她攀談。

（這個！是遊戲劇情！）

（所以說，不要找我講話，而是要去找女主角啊！可惡，剛才那個奇怪的傢伙，都是你害得遊戲走向變奇怪了啦！）

就在這麼想的瞬間，葉卡堤琳娜發現也不能完全歸咎於弗拉迪米爾。

當兩個不同身分的人走在一起，身為皇子的米海爾要向地位較高的那個人搭話，才符合禮儀。儘管視雙方的親密程度，以及各種條件差異，應對也會有所不同。但在這個彼此都是第一次見面的情況下，他沒辦法向芙蘿拉攀談。

啊啊啊啊，我這個笨蛋！

雖說是要保護她不受霸凌，但反派千金要是黏著女主角，這個劇情就沒辦法順利發展下去了啊！我完全忘得一乾二淨了！

算了，沒辦法，葉卡堤琳娜豁出去了。在此最重要的，就是要提升女主角的好感度。

「由於兄長借了學園的一室辦公，我正要帶午餐過去……殿下，向你介紹一下。」

葉卡堤琳娜迅速勾過芙蘿拉的手臂。

「這位是芙蘿拉．契爾尼男爵千金，為人溫柔體貼，還很會料理呢。當我為了想讓兄長嚐到溫熱又方便的午餐而苦惱時，她大方地教了我做法喔。」

原本低調地站在一旁的芙蘿拉，因為沒想到會被我拉上前而睜圓了眼，這讓她的一雙紫色大眼更加明顯，實在非常可愛。

怎麼樣啊，皇子！這孩子超可愛吧！

葉卡堤琳娜不禁露出得意的表情。

「妳就是契爾尼小姐啊。我知道妳的傳聞喔，聽說相當優秀呢。」

米海爾面露禮貌的微笑。

仔細想想，皇子人滿好的耶。他會向我搭話，似乎是為了牽制剛才那個奇怪的傢伙。更何況這個如假包換的皇家王子，明明有著如此高貴的身分，依舊有可能跟平民出身的女主角迎來美好結局。轉生到同一個世界之後，總算能深刻理解這是一件多麼厲害的事情。

「殿下，不介意的話，要不要享用一個呢？」

「這真是令人開心啊。」

「芙蘿拉小姐，請給殿下一個吧，因為芙蘿拉小姐做的比較美味嘛。」

「才沒這回事，尤爾諾瓦小姐也做得很好……」

一邊這麼說著，芙蘿拉仍畏畏縮縮地打開竹籃，將餐點遞上前。

今天做的是烤麵包，是在麵糰中夾了各種內餡再拿去烤的那種。跟以爐灶烤出來的麵包相比，吃起來更帶有Q彈的口感。

令人食指大動的香氣從竹藍中飄散而出，也讓米海爾綻開笑靨。

「謝謝。那我就不客氣了。」

他拿出了一個，一口咬下。

「這個好好吃啊，加了起司對吧。烤得剛剛好。」

「合殿下的胃口真是太好了。」

芙蘿拉也跟著笑了開來，米海爾因此露出覺得有些眩目的表情。

很好！

「那邊是別種口味的嗎？」

「咦？」

因為米海爾接著看向葉卡堤琳娜手上的竹藍，讓人不禁感到有些驚訝。他等一下照理說應該還要吃午餐……但若是正值食慾旺盛年紀的男高中生，搞不好吃這個量才是正常的吧。我記得念高中時，也有同學幾乎每天都會在放學後先去吃個什錦燒，回到家吃晚餐時還要吃上兩碗飯。

這麼說來，皇子應該也跟兄長大人一樣，運用了騎馬或是劍術等方法鍛鍊體魄，練到足以穿著盔甲戰鬥才對。既然如此，肚子會餓也是理所當然的吧。

「這個加了莓果醬，是甜的口味喔。」

「真想吃看看。」

見他露出撒嬌般的笑容這麼說，我不禁露出苦笑。如果是同年紀的人，或許一秒就會迷上他，但從大姊姊的角度看來，只覺得像隻小狗啊。不過也是超級漂亮的小狗啦。

「就是這個，請用。」

「謝謝。」

見我打開竹籃，他頓時一臉開心，馬上伸手拿了一個吃。該不會是甜食派的吧？

「這個也好好吃。我很喜歡。」

「能獲得殿下中意是我的榮幸。」

這麼開心地吃著甜點，還真是小朋友呢。葉卡堤琳娜帶著大姊姊的心情，微微一笑。

「突然叫住妳們，真是抱歉。」

「一點東西，不成敬意。還請殿下慢慢享用。」

跟芙蘿拉一起行了禮後，葉卡堤琳娜便邁步離去。

總算是通關這段劇情了！……應該吧？

芙蘿拉「呼……」了一聲，顫顫地嘆了一口氣。

「天啊……嚇了我一跳。沒想到我這種人，竟然能跟皇子大人說上話。」

她摀著胸口，臉頰也跟著發燙的模樣相當可愛。

雖然跟了個礙事的傢伙（也就是我），但應該有讓皇子對她抱持好感才對。大概。

在這之後，當劇情進展到危險逼近女主角時，皇子照理說會前來阻擋。應該。

「殿下是一位親善的人物呢。」

像他這樣的個性，就是會比兄長大人更加受到女生歡迎呢。不只芙蘿拉妹妹感慨萬千，說真的，倘若要是沒有上輩子的記憶，或許我自己也會迷上他吧。接著便會扭曲成反派千金……嚇死人了。

不過，完全正中好球帶的依舊是兄長大人啦！

始祖型傲嬌最棒了！

話說回來，「令人憧憬的王子殿下」從教室的窗戶探出頭來，想吃親手做的食物，真是相當老套的校園戀愛喜劇中少女漫畫般的情境耶。不過，要說這正是少女戀愛遊戲的精華所在，那倒也是。

因為葉卡堤琳娜的出身背景相當坎坷，所以雖然知道是少女戀愛遊戲的世界，我卻有些被沒有出現在遊戲當中的人生及歷史之類的細節震懾住了。這裡也是一個堂堂的世界，大家各自擁有生命，也有亙古流傳至今的歷史，地球大概也是圓的，並繞著太陽轉……一旦想起這種事情，感覺就有些暈眩。

明知如此，宛如遊戲法則那種強大的力量依舊存在。

也就是說，不管是毀滅旗標還是皇國滅亡旗標，其實近在咫尺啊！

既然我在這世界背負著反派千金的命運活了下來，更要盡全力折斷旗標才行！

葉卡堤琳娜不禁在心中握緊雙拳。

總不能給兄長大人帶來麻煩。而且要是兄長大人突然淪為平民，他的部下們也會很傷腦筋吧。

光是想像遊戲中定罪之後，尤爾諾瓦公爵領地究竟會變成什麼樣子，我就不禁感到害怕。能幹的上司突然不見的那種辛勞，社畜實在過於感同身受，差點都要哭出來了。

「真不愧是尤爾諾瓦小姐呢，可以那樣坦然地跟皇子對話。」

「哎呀，我也嚇了一大跳喔。」

畢竟都差點真的往後退了嘛……

皇子完全沒有錯啦，但面對（說不定就是）讓自己毀滅的人，還是對心臟很不好。如果可以快點跟這個女生進展到甜蜜模式，我也就能放心了……應該可以放心吧？

無、無論如何，芙蘿拉妹妹跟米海爾皇子真的很相襯嘛。無關折斷旗標，他們如果得到幸福，我也會覺得很開心。

雖然才說是老套的校園戀愛喜劇少女漫畫，但光是看著這～麼高顏值的美少女跟美少年就夠養眼了。我現在的定位，就像在特等席看著眼前上演著電影般青澀的愛情羅曼史，而且還能成為推手幫忙，甚至讓人覺得很划算的立場。他們兩個都是好孩子嘛，大姊姊會盡全力支持喔。

……咦？不過我昨天好像才剛下定決心，要跟女主角成為朋友，相對的就得遠離皇子，也不跟他說話。

但要支持他們的話，好像沒辦法遠離耶……

總覺得毀滅旗標的對策似乎越來越支離破碎了……

可、可是，那也是沒辦法的事吧！

皇子都主動搭話了，倘若無視他可是會被冠上不敬罪什麼的，反而更糟！

再次修正對策。反派千金要支持女主角與皇子的戀情！

「芙蘿拉小姐，我想以後一定還有機會能跟殿下說上話的。畢竟妳可是學園中最可愛的千金小姐了，殿下想必也很在意妳才對。」

「咦？不，才沒這回事。皇子大人一定是……」

芙蘿拉睜圓了眼，話才剛說，就被葉卡堤琳娜給打斷了。

「抱歉，打斷妳說話。但有件事要注意喔。妳剛才說的『皇子大人』會被認為是不正確的敬稱，所以稱那一位為『殿下』比較好。提點妳這麼細的事情，希望妳別感到不開心。」

「這麼說也是呢。我會注意的，謝謝妳的提醒。」

芙蘿拉輕輕抵著嘴唇，臉也紅了起來，葉卡堤琳娜也像在鼓勵她一般投以微笑。

雖然這讓芙蘿拉沒有繼續將方才的話說完，她還是不禁暗忖著。

（但是殿下在意的對象，任誰都會覺得是尤爾諾瓦小姐吧。以前聽兄長大人說過、既美麗又溫柔，還擁有與殿下相襯的高貴身分……有著這麼多理由，她卻似乎真的沒有察覺，實在令人費解呀。）

只有葉卡堤琳娜知道，這個世界是少女戀愛遊戲的舞台，自己是反派千金的角色，上輩子的自己則是奔三社畜。

反過來說，其他人就連作夢也不會這樣想。

對於本人以外的所有人來說，葉卡堤琳娜・尤爾諾瓦就是一位有著光彩奪目的美貌，身為皇國貴族當中最為高貴且富裕的三大公爵家千金，同時也是個體弱多病又不諳世事的十五歲少女。

葉卡堤琳娜現在滿腦子都是要怎麼折斷旗標、如何適應這個不習慣的學園生活，以及兄長大人的健康管理等各種事情。她是否終有一天能意識到自己這個存在的反差呢？

眼下的階段，那一天應該還不會到來。

第三章　皇國滅亡旗標

輕輕敲了辦公室的門之後，阿列克謝的侍從伊凡應了門。他在看見葉卡堤琳娜及另一個人時，不禁睜大雙眼。

「大小姐，您今天還帶了客人來嗎？」

一邊這麼詢問，伊凡機靈地接下葉卡堤琳娜及芙蘿拉兩人手中的竹籃。

「是啊。我很想跟她一起共進午餐，就約她過來了。但這裡是工作的地方，不知道可不可以呢？」

她當然明白伊凡無法決定可不可以。然而要是從這裡直接揚聲詢問阿列克謝，就一位千金小姐來說有失禮儀。

「閣下，大小姐來了。她似乎想與學友共進午餐，請問是否方便呢？」

能幹的侍從伊凡確實聽出了葉卡堤琳娜的意思，並徵詢阿列克謝的意見。而阿列克謝的回答是：「沒關係，只要妳想就這麼做吧。」

芙蘿拉在葉卡堤琳娜的身邊，坐立難安地環視著辦公室。

這也無可厚非，畢竟此處就像是學園內的異次元口袋般，出現了猶如綜合商社的總裁辦公室及一群高層（或是縣長跟部長們？）從學生的眼中看來想必是一幅異樣的光景。

而身處這個空間的中心人物，凌駕於那群極具威嚴的大人們之上的阿列克謝，在芙蘿拉看來甚至會覺得是另一個世界的人吧。這讓人再次體認到，真的看不出來他是學生。

儘管是有些強硬地約她一起共進午餐。葉卡堤琳娜不禁感到抱歉。

然而相對的，若是這裡就不會有其他學生跑來亂，也是絕對安全的地方。

聚集在辦公室的高層比昨天多了一人。

追加的這位名為巴爾薩札．弗利，是森林農業長，一身曬成小麥色的肌膚幾乎跟出身沙漠之國的哈利洛有得比，可見他是用自己的雙腳，走遍了尤爾諾瓦公爵領地的遼闊大森林。他的頭髮已然斑白，臉上也有深深的皺紋，看起來宛如古代武士一樣。他在阿列克謝的智囊團當中最為年長，現年六十五歲，與祖父謝爾蓋同年，兩人據說是可謂盟友的關係。

這樣的他，聽聞千金葉卡堤琳娜帶著親手做的慰問品前來，不禁張口結舌了好一陣子。

「……讓人感受到時代的轉變呢。」

聽見他終於喃喃說出的這句話，葉卡堤琳娜心想——

（我看這是指跟臭老太婆天差地遠的意思吧。）

很少離開現場的他，這次之所以會遠赴皇都，是為了報告以前葉卡堤琳娜也曾耳聞，關於巨龍現身而造成無法採伐黑龍杉一事，以及討論處理的對策。

因此，今天不像昨天一樣可以和樂融融地吃午餐，感覺幾乎像是要一邊開會的壓力午餐了。越來越對芙蘿拉妹妹感到抱歉。

「關於報告中提及的那隻龍，我親眼確認過了。」

弗利的報告就從這句話開始，葉卡堤琳娜跟芙蘿拉不禁屏息。

何等野性生活的現場主義！

要是上輩子聽人說出「經報案表示有棕熊出沒，所以我先去看了一下」，感覺就會被全場吐槽。然而他是去確認更加危險的生物。我記得巨龍現身的地方，是在遠離人煙的深山吧？這個世界的平均壽命完全無法跟上輩子相比，這個人都六十五歲了，居然還這麼厲害。

「那麼，狀況如何？」

然而兄長大人一點也不覺得驚訝！默默就帶過去了！

「少爺，那果真是玄龍。若是其他龍無法相比擬，被人稱作北之王的最古老存在……

無論多麼老練，人類終究無法排除牠。」

「這樣啊。」

等一下！報告的內容實在太挑動中二病的心！但望見兄長大人緊鎖眉間點頭的樣子，也太真實了吧！

而且原來老部下是叫兄長大人「少爺」啊。有點可愛。但現在不是想這個的時機。

「所以說，雖然樹材出貨將有困難，但應該會改從其他區域切入。否則就得等到玄龍離開，或是拒絕這次的訂單。還請做出決斷。」

……最後提出的選項完全沒有中二病要素啊……

「哈利洛，你有什麼意見嗎？」

「我會建議等下去。訂購商應該可以等上半年吧。從頭另闢出貨路線的費用太高，會造成回收的利潤過於薄弱。」

劈頭先說結論，附上的理由不但簡潔又能反應迅速。哈利洛先生，相當能幹。

「弗利，你覺得呢？半年內龍會離開嗎？」

阿列克謝的這番提問讓弗利露出苦惱的神情。

「……非常抱歉，但關於這點無法保證。畢竟玄龍不同於其他魔獸，據說擁有人類以上的知能，也有說法指出牠能說人語，甚至化身為人，甚至還有人說那既是魔獸之王，更能讓所有魔獸依循牠的意志行動。」

嗯？

能讓魔獸依循牠的意志行動的……龍？

這句話刺激著上輩子的記憶。葉卡堤琳娜不禁眉頭深鎖，陷入沉思。

「儘管無從證明，但玄龍似乎在端詳我們會怎麼應對。近年來，由於建材及燃料需求增加，因此採伐森林的工程也急遽進行。但這或許讓那傢伙感到不悅。不只玄龍，各種魔獸出現率也跟著增加。那並不單純是玄龍派來的，而是因為我們採伐的行徑侵占了魔獸的棲息地吧。假使玄龍現身是為了對我等進行牽制，再怎麼等待牠應該都不會離開。就算我們想另闢出貨路線，牠搞不好也會出現在那個地方。」

阿列克謝的表情更加嚴肅了。

「森林之翁弗利都這麼說了，看來應該不能再秉持樂觀態度。不只是這筆訂單的問題，或許得做好總有一天會惹惱玄龍的覺悟。屆時，應該會演變成舉國對抗的衝突吧。」

「這正是令人害怕之事。」

天啊，等等，這件事情不就是……天啊。

那個玄龍，難不成……

但在遊戲裡可不是叫這個名字耶。

那不就是皇國滅亡路線的最終魔王嗎！

雖然在遊戲當中沒有，不過這世界在眼下的時間點就發生這樣的伏筆了嗎？

……那個遊戲跟這個世界到底是什麼關係啊……是遊戲開發還是程式……算了，現在該想的不是這個問題。

雖然不知道是不是解決了這起事件，就能折斷皇國滅亡的旗標……

但說到森林採伐，我回想起一件事情。

葉卡堤琳娜下定決心開口說道：

「那個……方才提到玄龍似乎在端詳我們會怎麼行動，若是我方展現出將盡量減少森林採伐的努力，玄龍是否有可能離去呢？」

大家都露出驚訝的眼光看向葉卡堤琳娜，應該是沒想到千金小姐會在這時介入話題吧。

「……若只是要論可能性，我想是有機會的。但是，對於燃料的需求逐年增加，想要減少採伐，應該會有困難。」

「目前在採伐森林中的樹木之後，還有再進行植林嗎？」

「植、植林？不……我還是第一次聽到這個詞彙。」

我就知道！

上輩子住在大阪的時候，某次校外教學去了奈良縣的吉野。倘若去賞櫻倒是很令人開心，但參觀的重點是吉野杉的的植林區域，聽說吉野的植林計畫從室町時代就開始了。後來寫報告時，我也是以世界的植林現狀與歷史為主題。

那時我才知道，歐洲長年以來都是開墾森林以作農地，從來沒有採伐之後要再種樹的想法。直到十九世紀後期，這個概念才總算根深蒂固。

原來這裡也是一樣啊！

「所謂植林，就是種樹的意思。農地在採收麥作之後，會再重新種植對吧。這也是同理。要在採伐過森林的地方，再次種植出一片森林。」

「在採伐過森林的地方，再種出森林……？」

弗利聽了這番話，似乎愣得目瞪口呆。

「大小姐，樹木跟麥作是不同的。雖然麥作一年就能收成，但要讓森林再次長成一片森林，可不知道要花上多少年月。」

「是啊，我有聽過這麼一句話──『一年種麥，十年樹木，百年育人』。」

應該不是麥而是稻吧？是說上輩子聽過的格言，在這裡也能通嗎？算了，在意這種小地方就輸了！

「尤爾諾瓦家有著令人自豪的四百年家世，若是連植育樹木的計畫都沒有，又要如何支撐起這個皇國呢？」

我要帥地做出這番嚴正持論。

讓簡報成功的關鍵，就在於自信滿滿的態度。簡報的終極之道就向詐欺師學習吧！

「弗利大人，你方才曾這麼說過吧——玄龍是最古老的存在，人類終究無法排除牠。要是就此繼續採伐下去，總有一天想必會招惹到玄龍……到時候不只是我等公爵領地而已，這個皇國本身或許都會遭受莫大的災禍。這樣的事態絕對要避免。兄長大人，以及各位大人，我絕不樂見讓皇國的所有國民暴露在危險之中。就算現在無法馬上停止採伐，往後也要種植樹木，以永續利用下去。我等並沒有要剝奪整片牠所棲息的森林。若是展現出這樣的誠意，或許就能撫平玄龍。各位不覺得這有嘗試看看的價值嗎？」

「嗯……」

弗利低吟道。

其他人也都目不轉睛地看著葉卡提琳娜。

「葉卡提琳娜……妳說的是『植林』對吧？妳是怎麼想到這個連聽都沒聽過的點子？」

「兄長大人，正如同我方才所說，這和麥作只是相同的想法。森林的樹木對公爵領地來說，也稱得上是重要的物產吧？既然如此，不該只是一味地砍伐，也該想想如何種植及培育以維持森林。雖然確實要花上很長的時間，但若能由我們親自種植並細心養護，搞不好還能種出跟森林原生的相比，更適合作為建材的樹木喔。」

「……唔嗯。」

阿列克謝陷入沉思。

不過，他馬上就抬起頭來了。

「好吧。撇開玄龍的威脅，如此一來也能有效利用那些不適合農作的陡峭坡地。為了放眼未來，做這件事情不會有損失。弗利，你去研討一下關於植林的事情，並盡早開始執行。至於這次的訂單，就請訂購商給我們半年的時間，看看玄龍會怎麼做。要是三個月後仍沒有動作，就再行討論。」

「遵命。」

真不愧是兄長大人！

即使是從未聽過的提案也能冷靜地判斷出優點，並朝著現實中可行的方向執行。這男人真的太有才幹了，迷死人。

……不過，應付「人稱北之王的最古老存在、巨龍、玄龍」的對策竟然是「植林」。

無趣。

雖然是自己說出來的提議，但實在是太～～無～～趣。

但、但說到玄龍，如果一如想像，在遊戲裡名叫魔龍王弗拉德沃倫的牠，可是最終魔王耶！

要是走到皇國滅亡路線，任誰都沒辦法打倒牠嘛！

不，與其說打倒牠，好像可以攻略牠就是了呢……

牠其實是隱藏版可攻略角色的樣子就是了呢……

當我想著不知道有沒有能攻略兄長大人的路線時，一查之下才發現，好像只要通關某個條件，魔龍王就會變成可攻略對象。牠變身成人時，可是個黑髮紅眼的絕世美男子喔。

但是，我完全不知道要怎麼攻略！當我得知那條路線兄長大人幾乎不會出場時，就再也沒將牠放在眼裡了！

搜尋之後出現的魔龍王（人類模樣）實在太美男，讓我有些動搖，想說要不要挑戰看看，但最喜歡的終究還是兄長大人。而且魔龍王大概是會自稱本大爺的那種傲慢類型，想必得不到看著那麼寵溺妹妹的兄長大人時的療癒感，因此攻略方法我看都沒看。

對不起，完全派不上用場！

不過走到皇國滅亡路線時，踐踏著熊熊燃燒的皇城還一邊咆哮的魔龍王（龍模樣），真的是魄力十足。

而且牠的大小跟城堡也相去不遠喔……身長推測應該超過一百公尺吧。大概比波音

747還要大，搞不好比波音大上一倍呢……

仔細想想，最終魔王之所以襲擊皇國的理由，在遊戲中並沒有說明。然而，要是沒有通關在這之後發生的重要劇情，就會進入魔物接連前來襲擊的戰鬥過多路線，屆時最終魔王有很高的機率會現身。

所以我才會覺得為了折斷皇國滅亡的旗標，非得通關那段劇情不可。但既然這個世界在最終魔王及魔物前來襲擊之前，有著因為破壞森林而奪走牠們棲息地的理由，那麼只要好好保護環境，或許就能阻止牠們的侵襲了。

而且就上輩子的知識來說，過度砍伐森林造成的負面影響可多了。

一旦山的保水力不足，容易造成洪水及土石流、山體下滑或山崩等災害，也會讓地下水減少甚至乾燥化，如此一來將會失去生物的多樣性，改變最後從河川流入海洋的養分，影響好像會擴及海洋生態系之類的。

這麼說來，之前有人來向兄長大人報告，似乎有某個村子發生坍方意外對吧。

所以說，停止破壞森林吧！

植林很和平嘛！無趣也沒關係啦！

然後，為了不進入皇國滅亡的路線，來努力通關劇情吧。

解決了這些懸案問題之後，辦公室內的氣氛頓時明朗起來。

「真好吃呢。」

終於吃起午餐的弗利不禁瞇細了眼，接著交互看著阿列克謝跟葉卡提琳娜。

「大小姐竟為了兄長親自下廚料理，著實讓我略感震驚。但兄妹之間感情和睦才是最重要的事情。」

帶著古代武士般氛圍的弗利，以相當溫柔的眼神看著兩人。

「弗利卿是以『少爺』稱呼兄長大人的呢。」

「是的，這是我這個老人的任性。在少爺從這所學園畢業之前，我都會這麼稱呼。」

阿列克謝露出苦笑。

「我實在說不過弗利翁。葉卡提琳娜，弗利就讀這所學園時，可是祖父大人的同學喔。」

「沒錯。現在想想誠然可畏，但當時還直接稱他謝爾蓋，一起做了不少蠢事。回想起來真是段美好的時光……若少爺現在也能再多一點這樣的時間就好了。」

一起做了蠢事……實在很像是年長者會有的友情小插曲呢。

不過，原來如此。這個人並不是將兄長大人當小孩看待。

而是希望能將這麼年輕就被迫長大成人的兄長大人，視作一個孩子以待。真的是一位祖父大人的好朋友，他也願意為朋友的孫子這般操碎了心吧。

「不過，女性之間的友情也真是優雅呢。這位是一同料理的朋友嗎？」

由於弗利把話題拋了過來，葉卡堤琳娜欣喜地接話：

「各位，我再次向大家介紹，這位是芙蘿拉．契爾尼小姐，是我的同學，也是指導我料理的老師喔。」

受到一群年長男性注目，芙蘿拉在恭敬地低頭致意之後，左右搖了搖頭，櫻色的頭髮也隨之搖擺起來。

「怎敢稱是老師……尤爾諾瓦小姐做起來彷彿原本就懂得料理般厲害，我並沒有做什麼足以說是教導的事情。」

「別這麼謙虛了。妳很會料理，而且也很會教人呀。今天的料理甚至連殿下也稱讚美味呢。」

「殿下？」

阿列克謝追問了一句。

「我們方才在走廊上被殿下叫住。他似乎對我們手上的麵包頗感興趣，便請他品嚐一個了。殿下也說餐點很美味呢。對吧，芙蘿拉小姐。」

雖然葉卡堤琳娜暗指的是芙蘿拉與皇子的旗標，公爵領地的每個人卻在聽了這番話之後，紛紛面面相覷。

「原來兄長大人跟殿下也有交情呢。他知道我的名字喔。」

「畢竟妳跟殿下同年啊。殿下也是因此才特別留心的吧。」

「這麼說來，兄長大人知道叫弗拉迪米爾的人嗎？他似乎也認識殿下。好像是二年級，一位有著淡藍紫髮色的學長。」

阿列克謝的表情頓時變得有些可怕。

「弗拉迪米爾．尤爾瑪格那，他是跟我們家同為三大公爵家之一，尤爾瑪格那家的長子……他對妳說了什麼嗎？」

「咦？不……他並沒有對我說了什麼。」

嗯，那並不是在跟我講話，比較接近遭遇了微恐攻的感覺。

不過，原來如此啊。尤爾瑪格那家是吧。

三大公爵家彼此互為敵對關係，才會那樣找我麻煩嗎？有夠小家子氣。

「原來那位是嫡子啊。明明只跟兄長大人相差一歲，看起來似乎仍有很大的成長空間呢。」

害我不小心帶著閃亮亮的笑容，順勢貶低了一下。

但那傢伙對皇子也擺出很沒禮貌的態度，壓根比不上兄長大人。

這麼說來，他明明跟上輩子的俄羅斯那個——直占據領袖地位，超喜歡狗的肌肉大人同名，真是個令人遺憾的孩子啊。你就盡量努力吧。

呵。阿列克謝微微一笑。

「雖然弗拉迪米爾是個優秀的人，卻曾耳聞幾個不好的謠傳，也包含異性相關的事情，妳還是別跟他有什麼往來比較好。」

「好的，兄長大人，我會聽從你的叮囑。」

花言巧語的騙子啊！他是個玩弄女人的傢伙對吧，兄長大人。

不，還是那種以為只要主動搭話，所有女人都會落入自己手中的腦補類型？

其實上輩子在學生時代，我也曾因為跟那種傢伙牽扯上關係而吃盡了苦頭。所以就算要我去跟他套交情，我也會盡全力拒絕的，請放心吧。

「這麼說來，契爾尼小姐是契爾尼男爵家的千金吧。記得領地是位在東方的恩加爾地區吧？」

弗利向芙蘿拉這麼問道。她稍微睜大雙眼，隨即露出微笑。

「我們家沒有領地，據說是在許久以前就賣掉了。男爵夫妻目前在皇都租了一間房子住，庭院中開了許多花卉，是一間很漂亮的家喔。」

「……哦。」

儘管弗利點頭回應，但所有人之間都流淌出微妙的氣氛。

「雖然賣掉領地之後手邊仍留有一些錢，但夫人也基於興趣，同時兼職刺繡。我的母親曾是縫紉女工，在工作時認識了夫人並過從甚密。她們兩位都很喜歡料理，所以也會互相交換食譜之類……當母親過世之後，待我如孫女般的男爵夫妻便要我進入他們家，成為養女。因此，雖說是男爵千金，但我出身平民。」

挺直背脊，平靜地侃侃而談的芙蘿拉看起來清秀大方，又堅忍不拔。

她呵呵地輕笑了兩聲。

「很抱歉讓各位聽了這種事情。我與尤爾諾瓦小姐所處的世界差異太大，所以才想說非坦言不可……尤爾諾瓦小姐這麼溫柔待我，甚至一起下廚料理，真的讓我感到非常開心。但是，當我看見明明與我同年，面對領地上的重大問題卻仍能堂堂表達意見的身影，就更加明白尤爾諾瓦小姐果然是跟我處在不同世界的人物。如果繼續和我這種人待在一起，說不定會害尤爾諾瓦小姐被身在同一個世界的人嘲笑。」

咦？葉卡堤琳娜不禁睜大雙眼。等等，她在說什麼？

這麼一想我才赫然發現，當時弗拉迪米爾說的那句「恬不知恥」，芙蘿拉同樣聽到了。

別這樣啦，何必在意那種事呢？

「尤爾諾瓦小姐是位很溫柔的人，想必會對我說『不要在意那種事情』。因此，我想請公爵大人……公爵閣下做出判斷，若認為我不適合與尤爾諾瓦小姐來往，還請您直說。」

聽了芙蘿拉這一番話，阿列克謝挑了挑眉。

接著，他點了點頭。

「很感謝妳自己提出這點。或許是因為妹妹至今都遠離社交圈，所以有些不諳世事的地方……抱歉，對我來說還是希望她能學會應有的社交態度。」

「兄長大人！」

葉卡堤琳娜忍不住猛地站起身來。

然而，芙蘿拉輕輕拉了拉她的衣袖，小聲地說：

「尤爾諾瓦小姐，這樣或許會給公爵閣下帶來麻煩喔。」

「唔——！」

葉卡堤琳娜忍下了幾乎要脫口的話，取而代之地說：

「兄長大人……等一下還請抽空與我單獨談談。」

「我知道了。」

見阿列克謝點了點頭，葉卡堤琳娜便乖乖坐了回去。

這頓對話時不時就被打斷的午餐結束。在芙蘿拉離開之後的辦公室一隅，葉卡堤琳娜與阿列克謝面對面交談。

「葉卡堤琳娜……」

一臉傷腦筋的阿列克謝以溫柔的聲音說：

「抱歉，將妳一番溫柔的心意置之不顧，但身分差距會讓彼此居住的世界產生很大差別。何況在同一個階級中有著永無止歇的紛爭，行為舉止及想法必須符合身分地位，才能保護好自己。妳能諒解嗎？」

該怎麼回應他才好呢？想說的話太多了，讓我一個字都說不出來。

「葉卡堤琳娜……！」

突然間，阿列克謝倒抽了一口氣。

「抱歉，我……拜託，拜託妳了，別哭，葉卡堤琳娜……」

我又沒有哭——才這麼想，突然發現視線變得一片模糊。

一顆又一顆淚珠接連落下。

面對伸手過來的阿列克謝，我搖了搖頭。自從取回上輩子的記憶之後，這還是我第一次拒絕阿列克謝的觸碰。

「兄長大人，因為身分差異而蔑視對方……就跟皇女出身而欺負母親大人的……祖母大人一樣了……」

阿列克謝僵住了。

啊啊，有夠失敗。這是多麼過分的話。竟然說他跟那個臭老太婆一樣。

不行，為什麼事情會變得一蹋糊塗呢？

此時，上課的鐘聲響起。

「兄長大人，對不起。」

現在先撤退，重整好思緒再來吧。

葉卡堤琳娜轉過身，小跑步地離開了那個地方。

「大小姐，您要用餐嗎？」

放學後，葉卡堤琳娜一回到宿舍的房間就鑽進被窩。米娜以一如往常的平淡聲音這麼詢問。

「……米娜吃吧……」

「就是不需要的意思對吧。為什麼要我吃呢？」

「……要是不吃很浪費。」

糟蹋食物會遭天譴啊，還是該避免浪費食物。

米娜隔著羽絨被輕輕拍了拍我的背。

「看來您不是在哭，我就放心了。既然如此，為什麼還要包著棉被呢？」

「我在想事情……」

「為什麼要用這種姿勢想呢？我在這裡若是礙事，在您下達吩咐之前，我都不會踏入房間。」

「……」

「想通了之後，還請您吩咐一聲。」

米娜這麼說完就離開了房間。葉卡堤琳娜則是扭動身子，爬了起來。

接著一股勁「唔嘎——！」地掀開羽絨被。

也不管仍穿著制服，直接盤腿坐起，還交叉雙臂，完成了怎麼看都很有男子氣概的沉思姿勢。

要認真思考的時候，忍不住就會擺出這種樣子呢！

但是，這副模樣實在不能被這個世界的人看見！畢竟我是千金小姐嘛！

啊～～～話說回來，這到底該如何是好？

畢竟是透過遊戲熟知的世界，這次讓我更加痛切地體認到這終究是個異世界。無論是芙蘿拉妹妹或兄長大人，原來那就是身在以法律制定了身分制度的世界——或者該說是國家裡的人——會有的想法啊。

我並非要批評這點，畢竟就這個世界來說，那樣才是正確的嘛。

兄長大人說過「在同一個階級中有著永無止歇的紛爭」是吧。這麼說來，我之前才覺得三大公爵家就像是德川御三家那樣，德川御三家或是御三卿，正是互相對立並在暗地裡爭鬥不休，兄長大人也正在權謀鬥爭的漩渦中奮鬥。這麼一想，就會覺得自己不該光說那些漂亮話。

但無論如何，這依舊跟上輩子的感受有著很大的差距。我怎樣都想不到交了一個平民出身的朋友，究竟會帶來怎樣的弊害。況且因為有上輩子玩遊戲時的知識，我知道芙蘿拉妹妹未來會一點一滴證明自己的價值。而身分地位比芙蘿拉妹妹來得高，把對馬三人組當成自己小妹差遣的葉卡堤琳娜將面臨定罪及毀滅，這讓我覺得更不能靠身分做出判斷。

可是再仔細想想，在上輩子的日本，直到短短的七十年前左右，也仍存在貴族制度吧。因為那是在第二次世界大戰之後被ＧＨＱ（駐日盟軍總司令部）廢止的嘛。

而且就連人權之類的概念，呃——我記得是世界人權宣言吧，就是說人皆生而自由且在權力上均各平等之類那個——那個宣言也是在二戰之後才通過的吧。不對，那只是在近年才化為明文規定的共通概念，這個概念本身應該在更早以前就存在了才對，像法國大革命時的標語就是「自由、平等、博愛」。所以說，這個世界應該也早就有這樣的觀念了吧。

不過法國大革命不但以血洗血，後來拿破崙又成為皇帝，更遑論什麼平等了。

嗯，就算是上輩子那個時代，也不盡然平等，只是有著「人應當平等」這樣的共同概念罷了。

在我過勞死之前，社會階級差距的擴大已經成為一大問題。就日本而言，說什麼「一億總中流」（註：意指九成國民都自認為中產階級的國民意識）的時期，綜觀歷史也不過是轉瞬之間的事，是因為ＧＨＱ（駐日盟軍總司令部）下令解散財閥並進行農地改革，才會暫時縮短貧富差距的吧。所以現在這樣，也只是稍微回到不久前的社會狀態。就算上輩子的世界說不久後就要恢復身分制度，使得那些年的努力都前功盡棄，其實也不奇怪。

因此，現在可不是大受打擊的時刻。

雖然我確實受打擊到細細思量起這種事情就是了。

再說，之所以如此動搖，不只是因為跟上輩子的思維反差甚大。對這輩子的葉卡堤琳娜來說，那同樣是一番刺耳的話。

畢竟葉卡堤琳娜自從懂事以來就一直被軟禁在別館，若說年紀相仿的小孩，遠遠地看著偶爾通過宅邸前的兄長大人便是唯一的機會了。就連從別館移居到領地內的公爵宅邸之後，也因為賭氣——說穿了則是對周遭所有事物都害怕不已——度過了一段幾乎沒有跟別人說過話的生活。

因此，能跟芙蘿拉妹妹聊天、一起下廚料理，我真的覺得很開心。雖然會回想起上輩子的朋友，但對葉卡堤琳娜來說，這些都是出生以來的初體驗，想必是出生以來第一個交到的朋友。

明知如此，聽到芙蘿拉妹妹本人說還是不要跟自己有所往來，兄長大人一句「那麼做比較好」於是成了致命一擊……啊——好難受。

話說回來……

那番話聽起來雖然像是顧慮我的立場說的，但一直以來都是我主動黏過去的嘛，該不會芙蘿拉妹妹其實真的很討厭跟我一起行動……一旦這麼想，就會讓人超級消沉。

畢竟只要跟我待在一起，就會遭受別人的異樣眼光，想必她極有可能覺得「這女人好煩」……一想到這些當然會消沉了，還是無臉見人的程度。

就連下午的課程也一點記憶都沒有！嗚哇啊！

但是呢！這麼回想起來！

少女戀愛遊戲的正確路線。提升皇子的好感度直到他會主動搭話後，女主角得暫時對皇子置之不理。

那正是基於「跟我這種人在一起也不能成為你的助力！」這般，因為替對方著想而選擇拒絕。

那才是正確答案，之後皇子會主動追上選擇逃避的女主角。從那個階段開始，還得經歷幾次進退，才能一步步攻略完成。

標準的戀愛攻防！現實生活中要是這樣玩，我絕對辦不到！

雖然當初玩遊戲時的我這麼想。但來到遊戲世界之後，我只覺得——

那絕對是芙蘿拉妹妹的真性情吧。不，或者該說是芙蘿拉妹妹的個性就是適合這樣的劇情？

真是先有雞還是先有蛋的問題。

無論如何，芙蘿拉妹妹的個性就是這樣。這次應該也如她所言，是為了我著想才打算退讓。

既然如此，我就跟遊戲中的皇子一樣追上去吧。只要不斷跟她說「其他人愛怎麼想隨便他們，想跟妳在一起的這份心情哪裡有錯？」想必她總有一天會明白。

……感覺真的像是在攻略女主角……反、反正她馬上就會跟真命皇子湊成一對，不用擔心啦！

咦？如果換個角度一看，根本就是反派千金站在皇子的立場，正被女主角攻略的狀態……？啊哈哈。

所以說，芙蘿拉妹妹那邊我相信總有辦法解決。問題在於兄長大人……

葉卡堤琳娜不知不覺鬆開雙臂，將手肘抵在盤腿坐的大腿上，拄著臉頰沉思。

但是，問題出在哪裡呢？

無論是好是壞，我早就知道兄長大人的思考方式就是個貴族。生來即注定成為公爵的他，抱持高傲的矜持，以及自己與他人不同的自覺。一個十七歲的學生之所以可以每天都淡然面對那麼龐大的工作量，也是基於貴族義務。自己確實達成了伴隨身分而來的義務；同樣的，地位較低者也該盡到符合身分的義務。會這樣想也是理所當然的吧。

我反倒很喜歡兄長大人的這種個性。他被評價為冷靜到甚至冷酷，嚴以待人，但對自己更加嚴苛，認真得教人覺得頑固，一點都不會通融。由於無法替別人的心情著想，就這麼不受到旁人諒解，自己扛起最沉重的負擔。

嗯，我最喜歡兄長大人了。這份心情完全不會動搖。

那番話對於被灌輸了人權意識及平等的日本人精神面來說，打擊確實很大。總覺得是因為由芙蘿拉妹妹率先說出口而讓我動搖不已，反應才會那麼過度。

不過兄長大人會有那樣的想法、做出那樣的發言，我一點都不驚訝，甚至覺得他言之成理。為什麼自己還是如此悶悶不樂呢？

想必是因為自從恢復上輩子的記憶之後，我第一次感受到跟兄長大人之間的代溝……吧？

兄長大人會怎麼想呢？會不會覺得我是個不配作為公爵千金的妹妹……

……不會吧。

他可是病入膏肓的妹控。

倒不如說，我當時不小心哭了出來，反而該擔心兄長大人會比較消沉。畢竟我還說他跟臭老太婆一樣。

「啊！」

我忍不住驚呼出聲。

啊，就是這點啦！

兄長大人的妹控摻雜了一點戀母的成分啊。沒能拯救她，還害她死去——對母親的思慕及悔恨，有一部分應該化成了對與母親神似的妹妹的溺愛吧。

而這點也牽扯到對欺負母親大人的臭老太婆的嫌惡感。

明明一直都感受到這點，卻說兄長大人就跟欺負母親大人的臭老太婆一樣——！

這番言論完全是對準他心理陰影的狠狠一擊嘛！

眼下我沉重的心情並非基於感到受傷，而是覺得自己傷了兄長大人吧！更因為傷了他，害怕會不會被他討厭，對吧！

我也真是個兄控啊！

不，身為一個兄控，我還不夠成熟，得成長到再也不能發生這種事情才行！

雖然不知道作為人類，在這種地方如此拚命究竟好不好！

總之傷了男神，可是不能原諒的——！

好。探究真正原因、研討對策，以及整頓心情都就緒了。

趕緊展開行動吧。

我敲響了阿列克謝應該還在裡面工作的辦公室大門，伊凡馬上就前來應門了。然而跟女僕米娜一起過來的葉卡堤琳娜，一時半刻卻不知道該如何開口，沉默不語。但伊凡一點也不覺得訝異，對此微微一笑。

「公爵閣下，大小姐來了。」

伊凡轉達之後，原本看似趴在桌上低頭閱覽某份資料的阿列克謝，馬上像是彈起來般抬起頭。

接著，看到葉卡堤琳娜的他不禁屏息，站了起來。

「那個……對不起，兄長大人，可以借點時間談談嗎？」

一邊忸怩地擺弄著交疊的雙手，葉卡堤琳娜如此問道。因為覺得有些沒臉見他，才會一直盯著自己的雙手。所以……

「呃，嗯，當然可以。」

聽見這句回答時，突然覺得鬆了一口氣。

弗利似乎已經離開了，與昨天的成員相同的那三位仍待在辦公室。在他們無語的關心之中，米娜從背後推了葉卡堤琳娜一把，她這才走到阿列克謝身邊。

「我……是來謝罪的。」

話一說出口，只能做足覺悟了。

既然身為社會人士，發生問題時的謝罪與應對都該迅速且確實，拖得越久，傷害越深！

……儘管內心如是想，我卻依舊無法抬起頭。雖然相信兄長大人的妹控程度，但正因為相信，萬一他真的對我感到失望，完全只能死一死了。

「中午說的那些話……對兄長大人來說太不適當了。我非常清楚兄長大人是為了我才會那樣講，明知如此，卻說出那種……我所說的話實在太過分，請原諒我。」

「……」

阿列克謝看似說不出話來。

接著，他稍微輕咳了一聲。

「……呃，我在那之後也想了一下……或許我對於契爾尼小姐說的那番話，做出了有點輕率的判斷。妳是個聰明的孩子，在學園生活的這三年期間，若是能和其他階級的人有所往來，也可以增廣見聞吧。我應該連這點也考慮進去才對，所以妳無須道歉。」

哦哦。

「仔細想想……對從未在社交界露面過的妳來說，契爾尼小姐是妳第一個親近的友人呢。被別人指出這點之後，我才總算察覺，我……是個不太會貼近人心的人。雖然這點我也知道……」

哦哦哦哦哦——！

兄長大人諒解我了——！

有些示弱地傾吐自卑感的兄長大人未免也太可愛了——！

聞言，葉卡堤琳娜緊緊抱住阿列克謝。

「謝謝你，兄長大人！我最喜歡你了——！」

阿列克謝一動也不動，僵在原地。

但在緊繃情緒的反彈之下，葉卡堤琳娜現在則是亢奮到最高點。

「能擁有這麼溫柔的兄長大人，我真是太幸福了！為了回應兄長大人的期待，我保證會努力且孜孜不倦地學習不愧對身為公爵千金的行為舉止！也會和芙蘿拉小姐成為益友，並照你說的增廣見聞！所以請再讓我繼續為你準備午餐吧！往後請再讓我來這裡跟大家一起吃午餐。身為公爵千金，我也會努力理解家業的！」

「喔、喔喔……」

葉卡堤琳娜這番話乍聽之下是乖乖遵照阿列克謝所言，當中卻順勢讓自己想做的事情也獲得允許。儘管阿列克謝發現了這點，但仍敗給妹妹的氣魄。

「還有，兄長大人。」

鬆開了原本緊緊抱住的手臂，葉卡堤琳娜牽起兄長的手，勾起笑容。

「雖然你剛才說自己是個不太會貼近人心的人，不過我曾聽說這點該如此表示——

『成長空間』。兄長大人如此年輕就管理著廣大的公爵領地，知識、能力及決斷力都高得令人驚訝，要是連人心都能敏銳地察覺，實在過於完美，往後的人生也會失去成長餘地。」

你才十七歲而已，不用這麼完美也沒關係喔。

「發現自己的缺點，就是改進的第一步了呢。兄長大人總有一天一定能克服這點，因為你真的很優秀，讓我打從心底尊敬。」

儘管兄長大人看起來理性到冷酷這點很讓我動心，但我更喜歡他本人其實對這樣的個性抱持一點自卑感的地方！

不管怎麼說，無論是在學生時代參加社團活動，或是公司的後輩當中，越是自覺自己的缺點，而且也想改善的人，就越能累積應對能力，最終都會爬到那些沒吃過什麼苦就能辦到的人之上。即使是甫進公司時被說橫衝直撞的我，在過勞死之前也學會了事先串通跟掌握弱點等各種面向的技巧。

假設兄長大人總有一天很能看透人心，恐怕就會變成人人畏懼的狡猾宰相了！呃，朝著這個目標可能有點怪就是了？

「……葉卡堤琳娜，妳這番話說得還真成熟，是從哪裡聽來的？」

啊！糟糕，我總不能說是從上輩子的社團顧問那聽來的吧！

「啊，這些話我記得是聽家庭教師說過的。兄長大人替我安排的老師們都很優秀。」

「這樣啊。」

雖然我覺得這個理由滿牽強的，但阿列克謝依舊點了點頭。後來仔細想想，要是說到葉卡堤琳娜會講什麼成長空間之類的話是跟誰學來的，除了家庭教師之外也沒有其他可能性。我設想得真好。

接著，阿列克謝露出微笑，淺淺的笑靨甚至讓人覺得虛幻。

「謝謝妳，葉卡堤琳娜。妳真是個體貼的孩子……抱歉，讓妳傷心了。」

唔哇啊啊啊啊！

葉卡堤琳娜久違地在內心仰天長嘯。

就是這個嗎？這個就是那個嗎？

這就是「神」嗎！

生作妹妹真是太好啦！一邊這麼想，葉卡堤琳娜再次緊抱阿列克謝。

「我才該向你道歉，竟然說了那麼過分的話。一想到讓兄長大人感到悲傷，我就無法原諒自己。」

竟然傷了男神的心，實在不可原諒。

上輩子從兄長大人身上得到療癒，這輩子又如此備受寵愛，明明這麼有恩於我。望著年僅十七歲就要背負過於龐大的責任的兄長大人，我明明多少想成為助力。你分明只是個孩子，為什麼每天都這麼辛苦呢？了不起，太了不起了。

「……」

呃，不好意思。

我好像不小心伸手摸了摸兄長大人的頭。水藍色的頭髮清爽又柔順呢！

兄長大人再次僵住了……該不會至今都沒有人像這樣摸過他的頭吧。真的很抱歉……

「哎、哎呀，兄長大人這麼忙碌，我卻占掉太多時間了，不好意思。我差不多要回去了。打擾各位了，再見。」

葉卡堤琳娜向兄長及辦公室內的其他人行了個很淑女的禮之後，便跟米娜一起踩著輕快的步伐離開。

「大小姐，接下來要回到房間用餐嗎？」

「在那之前，我要去找芙蘿拉小姐。俗話說好事不宜遲嘛！」

繼兄長大人之後，要來攻略女主角了！

但搞不好是我被女主角攻略啦！哇哈哈。

不知為何，米娜知道芙蘿拉的房間位在宿舍的哪個地方。

關於我家美人女僕是千里眼這檔事——當我才這麼想……

「所有和大小姐住在同一棟宿舍的學生名字和長相，我全都記得。」

她就若無其事地說了這種話。我實在不太了解女僕的工作內容有哪些。

我敲了敲門，隔了一拍聽見「……來了」這樣的回應，門也隨之開啟。

那雙圓睜的紫色瞳眸望著葉卡堤琳娜，顯得有些愕然。

「……尤爾諾瓦小姐。」

「芙蘿拉小姐，抱歉，這麼晚還來打擾。」

儘管我向她投以微笑，芙蘿拉依舊呆站門前。

——但是，她應該不是討厭我了吧？

「中午時妳曾這樣說過吧，希望能請兄長做出判斷。現在兄長的判斷有所改變了。他剛才對我說，希望我能增廣見聞。我來向妳轉告這件事情。」

「但是……」

芙蘿拉垂下了眼。見她長長的睫毛輕顫了一下，葉卡堤琳娜暗忖著。

很好，行得通。

「喏，芙蘿拉小姐，妳說過我們身處不一樣的世界對吧。但妳有發現我們其實比任何人都要相像嗎？」

「妳是指……母親的事情嗎？」

「對，那是一點。還有另一點。」

葉卡堤琳娜豎起了一根手指，呵呵地輕笑了起來。

「我們一樣都沒朋友啊。不管身分地位誰高誰低，這點都一樣。」

直到七個月前仍處於軟禁狀態的公爵千金，以及直到七個月前仍是平民，甚至作夢也沒想過會成為貴族的男爵千金，突然被丟進與先前截然不同的世界，被周遭的人疏遠。理由看似不同，卻是一樣的。

「但是……很多人都想跟尤爾諾瓦小姐成為朋友。許多身分地位比我還高的人……」

「或許如此吧。自己這麼說好像不太好，不過尤爾諾瓦公爵家有的是財富及權力，以此為目的靠近的人應該也很多。當然，我不認為身邊全是那樣的人，也覺得該學習如何應對想利用我而靠近的人——但說真的實在很厭煩呢。妳不覺得我很可憐嗎？」

我稍微歪過頭，也稍微裝傻了一下。真虧反派千金說得出這種話啊——

「而且，比起這些事情，最重要的理由還是我往後也想繼續跟芙蘿拉小姐聊天。一邊料理一邊閒聊時，真的讓我覺得我們兩個很合得來呢。說穿了，想跟某個人交朋友的理由，除此之外應該沒有其他原因了吧。」

無敵的真理。要說我好傻好天真就儘管說吧。

因為，這是真心話。

並非因為芙蘿拉妹妹身為女主角，也不是為了折斷毀滅旗標，才想跟她做朋友。

而是由於我覺得跟她聊天很開心。

「不過，要是芙蘿拉小姐不喜歡我，那也沒辦法就是了……」

「怎麼會！」

芙蘿拉吶喊般的如此回應，更激動地左右搖頭。

「怎麼會……」

她又說了一次。喃喃低語後，這回芙蘿拉以雙手摀住了臉。

「……嗚。」

葉卡堤琳娜伸手將哽咽著的芙蘿拉抱了過來，並緊緊擁住她。

她很努力了嘛，一直以來應該都很努力吧。

仔細想想，芙蘿拉妹妹真的很了不起。

直到幾個月之前，進入全是貴族的魔法學園就讀這種事，在她的人生計畫中應該連個影子都沒有。但七個月前喪母，沒想到成了男爵千金，這才發現她擁有高強的魔力。她根本沒有選擇餘地，就被強制送入魔法學園。

這樣的環境變化簡直跟雲霄飛車一樣。她明明不曾希望度過這樣的生活。

到頭來卻飽受挖苦甚至霸凌，說起來真的很沒道理。

即使如此，她既沒有鬧彆扭，也沒有反抗，只是默默地努力。太強了，真的很厲害。

雖然不禁會想說「真不愧是女主角」，但話不是這樣說的吧。

儘管這裡是少女戀愛遊戲的世界；儘管妳是遊戲的女主角。

但母親生下了妳，撫養長大，有著逐漸成長的肉體，也擁有獨屬自己的心靈。

這並非遊戲，而是一段進行式的人生。

只活了短短十五年的孩子心中，撐過了喪母的寂寞，也獨自撐過了毫無道理被霸凌的辛酸。

她根本不知道自己被分配到女主角的立場。

即使如此，依舊沒必要說出「不想給妳帶來麻煩」這種帥氣的話。

雖然是個聰明的孩子，終究只有十五歲嘛。只想著自己忍耐就好，真是思慮不周啊。這個堅忍的小笨蛋。

奔三大姊姊可不會丟著妳不管喔。

所以說，一起捨棄寂寞吧。

直到芙蘿拉的淚水止住之前，葉卡堤琳娜一直輕拍她的背安撫，之後便邀她來到自己的房間。

雖然一回到房間，米娜就開始準備起兩人份晚餐的這點出乎意料，但芙蘿拉似乎的確沒吃晚餐，就把自己關在房間裡。明明是自己的提議，卻這麼消沉，真是個可愛的傢伙。開玩笑的啦。

況且米娜光是透過我們的表情就看穿了一切。我家的美人女僕說不定真的有千里眼。吃飯時，我們聊起明天午餐要做什麼，以及今天下午的課完全沒聽進去之類，全是相當平和的話題。然而飯後倒是聊了些沉重的事。

葉卡堤琳娜的隱情。

祖母霸凌、軟禁身為媳婦的母親，直到喪母的始末。雖是簡單帶過，但我全都講了。芙蘿拉不但感到驚訝，也為這些事情落淚了好幾次。當我表示自己因此完全沒有和貴族千金社交的經驗，也怕要是隨便跟她們來往會被瞧不起，之後會慢慢摸索該怎麼跟她們相處後，她點了點頭。

如此一來，她大概就不會再因為覺得自己不相襯，不跟我當朋友。

看來反派千金應該順利攻略女主角……了吧？

想必也成為朋友了吧？

在葉卡堤琳娜的請託下，米娜送芙蘿拉回到房間。她們確實聊到很晚，但就在同一棟宿舍當中，芙蘿拉因而婉拒，表示不必護送。然而葉卡堤琳娜知道即使身處宿舍，一樣有可能被人欺負，因此沒有退讓。

確實將芙蘿拉送回房間後，米娜正走在回去特別房的路上。

這時……

「嗨，米娜。」

有人如此向她搭話。

一點也不感到驚嚇的米娜看向窗戶外頭，只見在那裡的，是阿列克謝的侍從伊凡。

「男子禁止進入女生宿舍喔。」

「我又沒有進入建築物，沒差吧。」

伊凡笑著如此回應。

然而，比起那種事情──這裡可是位處三樓。

窗戶外頭有棵枝葉長到三層樓高的櫸樹，他就站在樹枝上。那細細的樹枝甚至沒有彎曲，他也一臉若無其事。

伊凡的身高跟阿列克謝相去無幾，一般來說樹枝會折斷，他也會摔落地面才對。然而看到這般可說是猶如幻影的光景，米娜完全不在意。

「謝謝妳帶大小姐過來。現在公爵閣下總算一如往常了。」

「並不是我帶她去的，而是大小姐自己決定要去見閣下。她今天回來之後就一直在沉思，沒想到過一陣子就說『我去見見兄長大人』。」

「這樣啊。大家都說她不諳世事，但總覺得其實是位踏實的人呢。一開始我以為她是前來說服閣下的，沒想到劈頭就說要來謝罪。閣下大概也因為那樣而有個台階下了。」

「大小姐既聰明又體貼，是個意志堅定的人。不過要說她不諳世事那倒也是，有些想法偏離常識，各方面來說都滿奇怪的，所以我一直很擔心她會不會哪天受到挫折。閣下應該也是這樣想的吧。」

「哦。」

伊凡一臉竊笑。

「閣下之所以如此寵愛大小姐，畢竟因為她是唯一的家人，更何況夫人還經歷過那種事，所以能夠理解。沒想到連妳都打從心底關心她啊。大小姐真厲害。」

「我的工作就是要保護大小姐。為了不讓她傷心而格外留心也是工作的一環。再說你自己也是一樣吧，明明是跟閣下的人身安全無關的事情，你卻特地跑來說希望我可以幫忙讓大小姐跟閣下和好。」

「我可是第一次看到那位大人竟然消沉到像是撒了鹽氽燙過的菜葉一樣軟弱無力耶。那畫面很有趣就是了啦。」

說著，伊凡哈哈哈地笑了起來。

「就算看到裁決文件，他依然說『抱歉，我現在看不進去』，整個人甚至都趴在文件上了。但大小姐造訪過後，他只消瞥了一眼那份文件，就說『拿去給丹尼爾審查法令』之類，跟平常一樣超有效率地解決了那些事情。」

接著，阿列克謝突然這麼說了：

『我決定不讓葉卡堤琳娜嫁去任何地方。』

「諾華克卿甚至脫口說出『少爺，請振作點』這種話耶。我真想誇獎自己當時沒有當場跌倒。」

「……這句話該不會是認真的吧？」

「就算不是認真的，也是真心話吧？就像是超喜歡女兒的父親會說的話。畢竟大小姐摸了那位閣下的頭嘛，或許她是想代替夫人這麼做吧。他們彼此都想代替父母關愛對方，妳不覺得這樣的他們很可愛嗎？害我不禁心想那樣也不錯呢。倘若大小姐可以一直陪在他身邊，閣下想必會很幸福。但這也只是說說的啦。閣下也馬上就回過神來了。」

於是，阿列克謝接著這麼說：

『我只是說說而已……說說也無傷大雅吧。』

「那種說法真不知道該說是覺得害羞，還是在鬧彆扭。那位閣下竟然在鬧彆扭，我都覺得是不是要天崩地裂了，憋笑到快沒命。」

其他三個人也一樣，完全就是「絕對不能笑的辦公室」狀態。

「伊凡，你到底來幹嘛啊？」

「因為實在太有趣了，我很想找個人分享啊。但大小姐要是真能一直待在公爵家就好了，妳不這麼想嗎？」

聽到伊凡這麼說，米娜只是冷哼了一聲。

「就算大小姐嫁出去了，我也會一直跟在她身邊侍奉她。」

「什麼嘛，就只想到妳自己。我倒覺得大小姐不要離開公爵家會比較幸福啊。他們兄妹倆感情那麼好，世上也沒幾個男人能像閣下這樣珍惜大小姐了吧。」

「即使如此，依舊不可能跟閣下結婚吧，你在說什麼鬼話啊？何況這不是我們能說三道四的事情。看來你也很傾心於閣下嘛。」

「他是個很好侍奉的大人啊。雖然不像大小姐那樣任誰都看得出她很溫柔，但他絕對不會做出沒道理的事情。」

呵！這時伊凡的臉上露出了嘲諷的笑意。

「也不會把我當怪物看待嘛。」

米娜的表情仍然毫無起伏。

「會那樣做的才是笨蛋吧。」

「我偏偏就是遇過那種笨蛋啊。」

伊凡不禁苦笑。

「而且，我也見過閣下令人憐惜的一面。夫人過世時，他大概有五天左右完全沒睡，埋首於處理葬禮及工作等。當時確實是很忙碌，但比起這個原因，他只是無法入眠罷了。直到上了回學園的馬車，他才好不容易在裡頭睡著，不過那根本是倒下了吧。當下我不禁

覺得他是個可憐人，然而能做的唯有替他蓋上毯子而已。所以我想，真希望能有個人溫柔待他。那時他與大小姐要是跟現在一樣這麼要好就好了呢。」

米娜微微地皺起了眉。

「……大小姐要是得知這件事，想必會很自責吧。」

「我才不會說呢。何況閣下應該也不想讓她知道。」

忠誠的女僕及侍從四目交接，互相點頭。

「你還是快點回去閣下身邊，替他泡上一杯茶也好。」

「也是呢，我差不多要回去了。那我走啦。」

這麼說著，伊凡蹬了一下細枝，朝著後方躍去，並宛如鳥兒般停在別棵樹的樹枝上，葉子卻連一點晃動也沒有。

米娜的視線並未繼續追著揮了揮手就隱匿在黑夜之中的伊凡，像是什麼也沒有發生似的回到了特別房。

稍微回溯一下時間。當葉卡提琳娜跑離阿列克謝身邊後——

下午第一堂課結束後的下課時間，阿列克謝把手肘抵在桌上，摀著眼睛，呼出不知道是第幾次的嘆息。

剛才那堂課，阿列克謝的表現差到極點，完全心不在焉，不只是被老師點到時答不出來，甚至連老師問什麼都搞不清楚。當老師傻眼地對他說「算了」，他更加陷入茫然。對入學以來，上課時的態度總是沒有一絲破綻的他來說，這是難以容忍的失態。

此時，身材高大的男學生出現在這樣的阿列克謝身旁。

「喂，公爵，你今天是怎麼了啊？發生了什麼事嗎？」

疑惑地這麼問道的他，有著一頭宛如熊熊烈焰的紅色頭髮，以及金色的眼睛，修長的身材還帶著完美的肌肉。他名為尼古拉．克雷蒙夫，是伯爵家的嫡子。

尼古拉性格爽朗，即使是被班上所有同學，甚至就連老師都敬而遠之的阿列克謝，他也能以與大家一視同仁的態度攀談。

魔法學園不會換班，一樣的同學會一起相處三年。阿列克謝從一年級時就開始接觸公爵領地的工作，也知道有人在背後語帶嘲笑地稱他「公爵」。但會這樣當著他的面，像是暱稱般呼喚的，也只有尼古拉了。

之所以不責怪他這一點，是因為尤爾諾瓦家過去曾虧欠克雷蒙夫家。但繼承爵位之後，尼古拉依舊以深沉的嗓音稱呼「公爵」，聽起來不同於爵位，感覺反倒像是只有他才會使用的暱稱，不再令人感到不快。

阿列克謝暗自覺得尼古拉是和自己完全相反的人。即使沒有那個打算，但當阿列克謝踏入某處時，氣氛便會跟著緊繃起來；然而尼古拉光是待著，那裡就會變得溫暖又和樂。

而現在，阿列克謝的情緒實在太低落，於是不禁脫口而出：

「……我把妹妹弄哭了。」

「啊？」

尼古拉睜圓雙眼。

「喂喂，就因為這樣？妹妹這種存在，正是一天到晚動不動就哭的生物吧。要是放著不管就會莫名變成我的錯，被老爸或老媽痛扁一頓。那傢伙看到這樣的場面，還會對我做鬼臉呢。」

看來他也有個妹妹。不過後半說的話全成了抱怨。

雖然把伯爵跟伯爵夫人稱作「老爸」、「老媽」，甚至出現「痛扁一頓」這種話十分奇妙，不過克雷蒙夫家的情況比較特殊。他們家世代相傳能讓魔獸與馬交配並調教的祕術。在許多貴族將統治領地的工作全部交給管理人處理的風氣之中，大家都知道克雷蒙夫的宗主自己經營整座廣大的牧場，在生產季時更會親自接生小馬。而當代的伯爵夫人儘管是出身有權有勢的侯爵家千金，但因為太喜歡馬，於是跑去克雷蒙夫家成為硬送上門的媳婦，甚至是位被前代伯爵夫人稱作「逸才」的女性。

此時，尼古拉像是回想起什麼，「啊」地輕呼了一聲。

「這麼說來，有個好像是你妹的人來過教室耶。是不是有著一頭藍髮，藍色眼睛帶點紫，長得很漂亮的女生？嗯，她成熟到讓人不覺得是新生，是個大美人耶，肌膚白皙剔透，身子也纖瘦到好像一折就會斷了。乍看之下讓人有點難以親近，然而當我告訴她你在哪裡之後，她便很有禮貌地向我道謝了。人是不錯啦，但有種閃亮亮的感覺，該說是氣場很強大吧。抱歉，那確實跟我家妹妹是不同種的生物。如果那叫妹妹，我家的就是猴子了。」

哈哈哈。說完，尼古拉這麼笑了。

「大家都在吵說她是今年新生中數一數二的美人喔，似乎被稱作藍薔薇千金。另外還有個令人注目的美人，好像叫櫻花千金吧。但這不是重點。為什麼會弄哭感覺那麼端莊的妹妹啊？你明明重視她到了會這麼消沉的地步。」

「……她的交友關係有個不太好的地方。因為她說是朋友而帶來的那個同學，身分地位差距太大……」

「哦——」

這個回答似乎讓他感到有些意外，尼古拉低吟了一聲。

「也就是說，你要她別再跟那個朋友來往，但她不願意才會哭啊。當然，若是尤爾諾瓦公爵家，的確得防範一些懷著目的接近的奇怪傢伙……但如果是你的妹妹，這方面的事情應該從小就學會應對了吧？」

「那孩子……沒什麼與人相處的機會。她……靜養了很長一段時間。」

「喔喔，這麼說來，你也在入學典禮之後，據說是因為妹妹昏倒而遲到了吧。原來她體弱多病啊，跟我家那隻猴子差得越來越多了。不過如此一來——那個身分差距很大的同學，不就是她第一次交到的朋友嗎？」

聽到這句話，阿列克謝赫然睜圓了眼。

沒錯，理應如此。別說朋友了，仍住在領地時，甚至連近在身邊伺候的傭人都鮮少聽見葉卡堤琳娜的聲音。部下的回報也指出，她從未敞開心胸與他人相處。

這樣的葉卡堤琳娜在來到皇都後，變得能夠開朗地與人交談，簡直像是另一個人，難以想像曾在報告中出現過的那般身影，是以他才會忘了這個前提。

「對這樣的交友關係說出重話，搞不好會讓她鬧彆扭呢。那個同學看起來，真的是不可以來往的那種很不好的類型嗎？」

「不……」

他回想起一點也不自卑地侃侃道出自己身世的芙蘿拉。比起那些上不了檯面的貴族，她更讓人覺得品格清高。

「我只是……希望她能多多學習如何跟貴族打交道。因為她還只是個什麼都不懂，又太過溫柔的孩子。如果有著能保護自己的人脈……」

阿列克謝含糊其辭地說著。身分越是親近的人越鬆懈不得，這點他銘刻於心。

這時，他忽然想起。

——如果是祖父大人，他會怎麼做呢？

但凡有能者，祖父謝爾蓋不會在乎其身分，一概重用。不過那是安置部下的考量。祖父的摯友弗利是侯爵家三男，雖然後來跟老家斷絕關係，卻仍出身於相襯的家世。

但是……祖父有個同父異母的弟弟——對阿列克謝來說是叔公的庶子艾札克。即使母親不同，祖父跟叔公依舊是相當要好的兄弟，聽說祖父從小就很疼愛這個小他五歲的弟弟。雖然是個有點奇特的人，不過個性溫和的艾札克目前是個知名學者，與各種身分的人都有交流，應該也都曾介紹給祖父認識才對。

縱使阿列克謝向祖父介紹自己平民出身的友人，也很難想像他會對這樣的交友關係說三道四。

沒錯，祖父應該不會干涉吧。會徹底排斥不同身分地位的友人的是……

阿列克謝揪緊了自己的瀏海。

（葉卡堤琳娜……妳說得沒錯。）

耳邊響起了那猶如烈火般震怒的喊叫。

會排斥的人，是祖母。

『就跟欺負母親大人的……祖母大人一樣了……』

自己心中一直以祖父為指標，也打算在祖父過世後，守護著尤爾諾瓦公爵家免於暴露在祖母的暴虐之下。從祖父手中繼承公爵家的並非父親，而是自己，阿列克謝對此感到自負。

明知如此，自己曾幾何時卻也染上祖母的思考模式了？

那孩子應該……再也不會對我說，希望能握緊她的手了吧。

有人輕輕拍了自己的肩膀。

「公爵。喂，公爵，你怎麼了？尤爾諾瓦。阿列克謝！」

在尼古拉的呼喚之下，阿列克謝這才回過神來。

「你沒事吧？臉色很差喔。有哪裡覺得不舒服嗎？」

「不。我的身體狀況沒問題。」

見阿列克謝固執地搖了搖頭，尼古拉不禁苦笑。

「感覺就像『冰之薔薇』融化之後枯萎的樣子呢。」

「什麼……？」

「你果然不知道啊，有一部分女生都這樣崇拜地叫你喔。總之，你也不用太消沉啦。不管怎麼說，兄妹都是要相處一輩子的，偶爾吵架在所難免嘛。交朋友只有待在學園的這三年而已，准許她去跟人家來往不也挺好嗎？當然，如果那個朋友有教她一些不好的事情，倒是另當別論啦。」

阿列克謝的唇角轉瞬間勾起微笑。

「……只是教了她料理。」

「啊？」

「她向那個朋友學做料理，並帶來辦公室給我，說希望我能好好吃上午餐。」

「世上竟然有這種妹妹啊。」

尼古拉一本正經地低吟：

「哪像我們家的猴子，要是飯放在那邊，她連我的份也會吃掉耶。但換作我把那傢伙的點心吃掉的話，她就會甩起乾草叉，把我追得滿庭院跑。」

所謂的乾草叉，是牧場裡用來撈起牧草，甚至也能殺人的巨大叉子。

「你妹跟猴子不一樣，可是個天使呢，我倒覺得不用太擔心就是了。搞不好她也會一直把這件事放在心上，明天再跟她談談如何？」

「說的……也是呢。」

在辦公室總是立即做出決斷的模樣猶如假象，阿列克謝回應得有些忸怩。

他實在太害怕遭到拒絕，甚至不覺得自己有辦法找她講話

隔天早上。

見阿列克謝以完全一如以往的樣子現身，尼古拉不禁苦笑。

「早啊，公爵。你看起來很有精神嘛。」

「喔，早安。關於昨天那件事，放學之後妹妹主動過來找我，總算解決了。驚擾到你真是不好意思。」

阿列克謝神清氣爽地這麼說。

「還有……」他隨即垂下視線，悄聲地接了話，看起來似乎有些害臊。

「很感謝你的建議……昨天真是謝謝你。」

「沒什麼啦。」

莞爾一笑的尼古拉忽然皺起臉，並摸了一下後腦杓。

「嗯？怎麼了？」

「喔——總覺得視線有點刺人……不，沒事啦。」

就連尼古拉也不太清楚，環繞著阿列克謝的女生間的暗鬥，氣勢似乎洶湧到連男生都遭受波及。不，與其說是暗鬥，由於本人實在太難以親近，根本沒人敢直接發動攻勢，於是演變成相互牽制或訂定協定之類令人費解的狀況。最近甚至到了但凡阿列克謝有任何舉動，便會展現莫名亢奮的程度，好比入學典禮上的那抹笑容。

還真麻煩。

「總之，解決了就好。」

聽到尼古拉這麼說，阿列克謝露出微笑點了點頭，這也讓教室裡響起一陣無聲的哀號。

這是在葉卡堤琳娜跟阿列克謝和好之後，又過了一段時間的事。

葉卡堤琳娜一如往常拿著午餐進入辦公室，發現原本在公爵領地討論植林一事的弗利，為了報告現階段的狀況而造訪此處。

於是，這回也是將葉卡堤琳娜跟芙蘿拉做的午餐擺在眼前的壓力午餐狀態。

「首先，我整理出所有採伐後，因各種關係而未能進行開墾的地區，希望能將那些地區視為第一批植林區域。這次栽種的樹苗是移植自森林裡原生的樹。因為玄龍出現造成部分地區停止採伐，有一群採伐工人突然沒了工作，相當困擾。他們表示如果可以領到工錢，請務必將工作交給他們。」

也就是同時處理失業問題吧。

「往後則會推薦部分農民栽培樹苗。即使是只持有貧瘠農地的人，也有辦法培育樹苗。另外，種植的樹木除了黑龍杉，我認為也能混著種些胡桃樹、櫻桃木之類果實可供食用，花上十年左右後還能作為家具木材販賣的品種。儘管黑龍杉可以賣出高價，卻要花上二十年才能用作建材，甚至需要花上五十年，因此我認為必須擁有能早點賣出的品種才行。」

嗯——弗利先生，太能幹了！

能將只具備大方向的點子，確切配合現實狀況落實，且提案還一併解決了失業、貧困問題，遇上飢荒時也足以應對。

再說，日本的植林幾乎是杉樹，論其弊害當然就是花粉症；加上保水力低，對生態系來說也有不太好的影響。倘若是杉樹跟闊葉樹都有的植林，應該就不會發生這類問題了吧。

「樹苗是打算用買的嗎？」

「是的。雖然我也思考過栽種者免除稅金的方式，但感覺能讓民眾確實得到金錢還是比較妥當。畢竟植林的想法是種新嘗試，大家都認為將荒地開墾成農地種植糧食比較好，因此必須向他們展示植林也能獲取利益。」

這也說得很對，光是因為沒嘗試過而選擇拒絕的人很多。身為系統工程師時，每當上架新系統總會經過一番波折。

「森之民怎麼想？」

嗯？

「他們看來依舊懷疑是否真的行得通，不過對致力於停止採伐森林的行動表示肯定。」

「這樣啊。據說玄龍會尊重森之民的意見對吧。我有些期待這次的嘗試是否能透過森之民傳達給龍。」

「那個，兄長大人、弗利大人，森之民是什麼樣的人物呢？」

「喔喔，葉卡提琳娜不知道嗎？」

所謂森之民，是居住在公爵領地森林當中的少數民族，他們不會定居於某處，而是在森林當中四處移居，很少與其他民眾交流，似乎是滿特殊的存在。

是不是有點像精靈？但這個世界應該沒有精靈才對，難道是接近上輩子的日本也存在的山之民那種感覺？

「森之民分成好幾個部族，當中最大部族的族長正是弗利的夫人。」

「咦！」

「呃……是的，沒錯。」

輕咳了兩聲之後，弗利點了點頭。

弗利身為侯爵家三男，在魔法學園與祖父謝爾蓋結為友人，並在他的邀請下造訪公爵領地。當時就很喜歡在山林中走動的他以此為契機邂逅了森之民，歷經一些事情後，似乎跟族長的女兒墜入了情網。

接著便被老家侯爵家斷絕關係，並成為祖父的部下，直至今日。

這是怎樣太厲害了！正宗羅曼史！

我不禁跟芙蘿拉妹妹四目相接，兩個女生的眼睛都閃閃發亮呢。就算內心是個奔三女，也不禁化身少女，這股威力可見一斑。

弗利再度輕咳了一次，開始吃起午餐。

今天做的是派。有鮮肉派、包有許多蔬菜的焗菜鹹派，以及蘋果派。

儘管並非午休時間就能做出來的東西，但葉卡堤琳娜跟芙蘿拉兩人在前一天的放學後、今天上課前，以及早上的下課時間都跑去廚房進行前置準備。她們最近每天晚上都會在宿舍一邊喝茶一邊複習課業，並趁休息時聊起隔天午餐要做什麼食譜。就連廚房員工都想知道芙蘿拉的食譜內容，作為交換則會前來幫忙。結果午餐越做越費工了。

「……總覺得有種令人懷念的味道呢。」

聽弗利這麼一說，芙蘿拉露出微笑。

「這是男爵夫人的食譜，那位做的派真的非常美味喔。她與弗利大人年齡相仿，或許正是因此才會覺得懷念吧。」

「契爾尼男爵夫人……是不是名叫娜塔莎呢？」

聞言，芙蘿拉睜圓了眼。

「是的，沒錯，夫人的名字正是娜塔莎……難道您認識她嗎？」

「娜塔莎小姐，當時是娜塔莎・梅爾諾伯爵千金，跟我是這所魔法學園同屆的同學。」

真的假的——！

「我跟約瑟夫・契爾尼同班，透過他才認識了娜塔莎小姐。他們兩位都喜歡下廚料理，常會跟廚房借個小角落，做出許多東西招待我們。由於實在太過美味，總是要用搶的呢。謝爾蓋公每次都若無其事地預先留了好幾個下來，真是個大胃王。」

最後一句，最後一句話啊。看來他們真的很要好呢。

「約瑟夫跟娜塔莎小姐在畢業典禮的前一天晚上私奔了。做出這番策劃的其實正是謝爾蓋公。」

「……啊？」

「咦？」

「你說什麼？」

投下了炸彈。

「那個，不好意思，我不太明白……私奔？咦？那兩位嗎？個性那麼沉穩文靜的那兩位竟然……」

芙蘿拉陷入大混亂。

「等等，弗利，你說祖父大人怎樣？」

「你的意思是，芙蘿拉小姐的養父母跟祖父大人有著這麼深的緣分嗎……？不，但是……怎、怎麼會……」

阿列克謝跟葉卡堤琳娜同樣相當混亂。等等，現在可是反派千金跟女主角耶！有著這樣的因緣沒問題嗎！

「約瑟夫乍看是個沉穩又不起眼的人，卻是有著堅定意志，討厭的事情就會一直表達討厭，絕不動搖的傢伙。謝爾蓋公似乎也是喜歡他這樣的個性，或許該說是很看好他吧。雖然不知道他跟娜塔莎小姐是如何相遇的，但二年級時，他們就已經形影不離。儘管並非浮誇的戀情，不過兩人都只認定要跟彼此共度一生。然而娜塔莎小姐的老家替她準備了別的婚事，不允許她跟約瑟夫結婚，於是所有同學便一同協助他們逃到契爾尼領地。這可說是學生時代最美好的回憶了。」

學生們勢頭太旺，最後大失控啊……主謀還是三大公爵家的繼承人，害我都有點同情起老師跟其他監護人了……

「最後，娜塔莎小姐烤了蘋果派要給大家作為謝禮，但代為收下的謝爾蓋公竟將一整個派全都吃掉。得知這件事情時，我忍不住揍了他一拳。」

等等……

「……我怎麼記得祖父大人不太喜歡吃派這一類的東西？」

「似乎真的吃得太多了，他說後來時不時會火燒心，於是在那之後就變得不喜歡吃了。」

這樣啊……

話說回來。咦——！

儘管我一次都沒見過祖父大人，但曾在公爵宅邸看過他的肖像畫。有一幅跟十歲的兄長大人一起被畫進去的畫，當時我一直為兄長大人超美少年的模樣尖叫不已，祖父大人則像是威嚴擬人化一般嚴肅，也是個超紳士的帥大叔……

雖說是年輕時的小插曲，反差未免也太大了吧！

看著幾個孫輩在一旁抱頭，諾華克等人不禁苦笑。謝爾蓋對他們來說既是提拔自己的大恩人，也是相當謹慎嚴肅的上司。但大家似乎都知道他的性格不僅如此，也有著瀟脫不羈的一面。

「弗利，祖父大人跟契爾尼男爵的事情……前幾天你為什麼沒有講呢？」

「我認為那是該交給少爺判斷的事情。只因為跟謝爾蓋公有過交流就特別以對，似乎不太好。」

「……」

阿列克謝難得連一句反駁都說不上來。要是因為知道男爵跟祖父有過這樣的交情而認同葉卡堤琳娜與芙蘿拉之間的友情，他想必就沒辦法重新審視自己的想法了吧。

「我很在意約瑟夫跟娜塔莎小姐後來怎樣了。但因為自己也發生了很多事情，實在無從得知。雖然是很不可思議的緣分，不過能知道他們現在依舊如此要好地一起生活，真的讓我感到非常開心。」

弗利感慨萬千地這麼說完，又再度咬下了一口派，並說著「果真是很令人懷念的滋味」。

『——胸口好痛。』

目送約瑟夫跟娜塔莎一起搭上的公爵家馬車離去後，先是痛扁了說出「已經把作為謝禮的派整個吃掉」這種鬼話的謝爾蓋一頓，並在被回敬了一拳後又揍了回去，兩人互毆了好一陣子後，一起倒在地上。

當時，謝爾蓋如是說。

『你是吃太多火燒心了吧。竟然獨自把整個派吃掉，你白痴啊。』

『我很想這麼做一次看看。』

『白痴。』

『嗯。』

謝爾蓋嘆了一口氣。

『……別讓她去不是比較好嗎？』

『我才不希望那樣……所以這點小事也不算什麼吧。』

『吵死了。為什麼每次都拖累我啊，你這個白痴。』

的確，那絕非愛意。

不過，謝爾蓋已跟皇女亞歷山德菈締結婚約。儘管乍看是十分相襯的俊男美女，但傲慢又冷酷的亞歷山德菈，配上明明個性認真卻有著讓人難以捉摸之處，然而公平之心絕不動搖，且相當溫柔的謝爾蓋，兩人根本完全相反，甚至教人覺得不祥。

另一方面，娜塔莎雖然不是會被稱作美人的類型，但身材嬌小，眼神也很溫柔，還帶著香甜的氣味。倘若結婚對象是娜塔莎，謝爾蓋肯定會很幸福吧。

『我再也不吃蘋果派了。』

聽到謝爾蓋不禁呻吟，弗利笑了出來。

那時的他作夢也沒想過，這個不知為何總會毫不客氣地給自己添麻煩，令人火大的摯友，竟會那麼早離世而去。

驀然回首，那真是一段美好的時光。

第四章　魔獸出現

那天不知為何，我很早就醒來了。

見從床上起身的我，拿起放在床邊的信再看了一次，踏入臥室的米娜微微睜大雙眼。

「早安，米娜。」

「大小姐，早安。您今天很早起呢。」

「自然就醒來了嘛。」

米娜一拉開窗簾，葉卡提琳娜就因為眩目的朝陽而瞇細了眼。

看來今天天氣應該不錯。

「今天有什麼特別的事情嗎？」

「嗯，今天有一堂課是第一次上。雖然是魔力操縱，卻是第一次上實技課呢。所以我才又看了一次馬爾杜老師給我的建議——就是之前請妳幫我帶點心給他的那個家庭教師。」

「是那位有個年紀尚小的千金的老師對吧。收到大小姐的點心時，他相當開心喔。」

那位老師說，只要解決一個大小姐提出的問題，就會收到謝禮，表示非常感謝。會這樣想的，除了他應該沒有別人了。」

「老師的知識就是商品嘛。那是正當的酬勞呢。」

因為啊，上輩子在當系統工程師時，很常不小心接到前一個案子的客戶打來的電話，問了一大堆問題占用很多時間。我既非維修人員，工作也已經進展到新的案子了，卻還是一直問「不能做成這樣嗎？那妳改一下讓它能這樣做啊」這種話。

知識跟技術並不是免費的好嗎！

借鑑他人，矯正自己。而且這位老師明明出身於帶有魔力的貴族，卻因為家道中落而成了家庭教師，讓我不禁回想起在遊戲中淪為平民的自己。何況他還有個那麼小的孩子。

「大小姐無須這麼拚命。老師稱讚您有著十分厲害的魔力。不過是學園的課程，想必能輕鬆學會。」

「謝謝妳，米娜。我只是想做足準備。」

老師在信上也表現出他感到費解的心情，還說在土屬性的課程中，不會要求到這種程度的攻擊技術。

即使如此，他依舊相當仔細地回答我追根究柢詢問的各種攻擊模式。謝謝老師。

因為，如果按照遊戲進展，第一次學習魔力操縱的實技課程中，應該就會發生對皇國滅亡旗標有著重大影響的某個劇情才對。

劇情的內容是會出現魔獸。

在校園的演練場上準備開始進行魔力操縱的課程時，會出現強大的魔獸。女主角得跟趕過來的皇子合力擊退那隻魔獸，讓自己的魔力覺醒才行。

倘若沒有通關這段劇情，便會插下皇國滅亡的旗標。魔龍王終將前來襲擊皇都，踐踏皇城。

所以，我要努力通關這次劇情！

……雖然現在是該這樣振奮精神沒錯。

但自從轉生到這個世界，度過將近一個月的學園生活之後，眼下我不禁想著。

真的會有魔獸出現在這裡嗎……？

與其說魔法學園，不如說整個皇都中心地區好像已經幾百年沒出現魔獸了。

所以那個劇情，以上輩子的世界觀來說，就像在最高學府的禮堂附近，突然出現一隻巨大的熊並大鬧一場的感覺。

一如日本有熊棲息，皇國也有魔獸棲息，然而那僅限於森林、山中或是湖邊，不會出現在城鎮上。縱使追溯回江戶時代，繁華的江戶依舊不曾出現熊吧。

雖然我也曾想過，既然是魔獸，搞不好可以召喚出來？但現在的皇國似乎沒有那種技術。

千年以前曾在這一帶崛起，坐擁比目前的尤爾古蘭皇國大上好幾倍版圖的亞斯特拉帝國（就像上輩子的羅馬帝國那樣的存在。對於皇國及鄰近各國來說是心靈的故鄉）似乎擁有那樣的技術，現在卻似乎已然失傳了。

所以，我根本無法想像魔獸要怎麼出現在這裡。

在考慮如何通關這段劇情時，我也想過要不要編個理由，讓武裝騎士團之類的配置在學園，這樣一來便不用讓學生手無寸鐵地戰鬥。但遊戲中沒有說明魔獸出現的原因，因此我想不到有什麼藉口足以進行這樣的安排。

試想，要是直截了當地說「應該會有魔獸出現」……

肯定沒人相信。

倘若跟大學的行政人員之類說「今天你們學校的禮堂預計會有熊出沒，請安排獵友會前來」，只會得到一句「啊？」而已吧；同樣的，換作現在這情況也不會有人相信。

因此絕對無法配置騎士團。況且兄長大人應該還會擔心起我的心理狀況。

另外，要是配置騎士團之類，改變遊戲的前提狀態，感覺就像是扭轉了命運一樣，即使不會發生遊戲中的劇情，相對的，搞不好會引發什麼嚴重的天地變異……一想到這點也讓我覺得很害怕。

誰都不敢保證沒有這個可能性嘛。

所以……只能自己想辦法解決了。

盡我所有的魔力，擊退劇情的魔獸——希望這可以被認定為通關，遠離皇國滅亡的路線。

現在，葉卡提琳娜跟班上的同學一起來到演練場。

雖然演練場只是從校園稍微劃分出的一塊範圍，但其實相當寬敞，感覺應該有四個網球場大。裡面有著會噴水的優美雕像、灌木叢與花壇，以及一排點亮篝火的高台，怎麼看都一定是為了讓以魔力屬性來說比例特別高的土、水、火的學生進行實技練習的設置。儘管風屬性的人也很多，卻不需要什麼特別的設備。其他還有冰、光、闇、雷等各種屬性，也有一個人獨自擁有複數屬性的情況。

畢竟這是入學以來一直都只上過理論課程的魔力操縱，第一次進行的實技課程，有些人幹勁十足，也有些人感覺憂鬱，學生們擺出各自不同的表情。

既然能進入魔法學園就讀，代表大家所持的魔力都有達到標準，但每個人之間依舊有所差異。實技課程將會展現魔力程度，因此既有人為此感到開心，也有人高興不起來，實在無可厚非。就算家世階級較低，或是家族財務上有困難，只要本人的魔力夠強，便有機會盼到結婚或是成為別人家養子的希望，對無法繼承家世的二男、三男來說，是十分切實的問題。

（這麼說來，上輩子的時代小說，也看過拚命尋找入贅人家的故事。無論武士還是貴族，結果都一樣嘛。）

我一邊想著這種事情，環繞周遭，發現芙蘿拉的表情看起來有些僵硬。

「芙蘿拉小姐，妳在擔心什麼事情嗎？」

「沒什麼……不好意思。」

見她對我投以微笑，我才再次體認到，若是現在的她，會感到不安也是理所當然的。

「這麼說也是呢，妳還沒確定魔力的屬性嘛。」

她的魔力測出來是強達ＭＡＸ的等級。但是，女主角的魔力屬性一開始是「？」狀態，這正是在這之後的劇情重點。

所以，聽到這句話之後，對馬三人組立刻開始酸言酸語。

「哎呀，竟然連屬性也不知道啊。搞不好能入學的這件事情本身就搞錯了吧？」

「對嘛對嘛。」

遊戲當中她也遭受了同樣的酸言酸語……卻是被反派千金葉卡堤琳娜這樣講。

然而，這輩子的葉卡堤琳娜只是笑了出來。妳們乖乖上課好嗎？

「先前老師也說過，罕見的魔力屬性確實經常發生無法馬上測定出來的狀況。真令人期待最後會判斷出是什麼樣的魔力屬性呢。」

雖然遊戲中是為了展現女主角的特別之處，但來到這個世界之後，我才知道其實就罕見屬性而言，這是滿常見的狀況。

不過畢竟算是罕見，班上目前仍無法判別屬性的學生，加上芙蘿拉妹妹也只有少數幾個人，要是沒仔細聽課或許真的不會知道。況且只有朋友間會知道其他人是什麼屬性嘛。

在這次的實技課程中，將會第一次得知所有人的屬性——照理來說是這樣。

「是的，我也很期待。但還是會覺得有點害怕。」

「或許就是這樣呢。我是最普通的土屬性，總覺得有些羨慕呢。」

芙蘿拉妹妹，抱歉，其實我知道妳的魔力屬性，可是我不能說。

我只能裝傻說著這種不痛不癢的話，真是對不起啦～

不過……遊戲劇情是女主角跟皇子合力打倒魔獸。

在智慧型手機上玩遊戲時，只要連續點擊螢幕就可以攻擊了。

然而要是魔獸實際襲擊這裡，連自己的魔力屬性都不曉得的芙蘿拉妹妹，究竟要怎麼戰鬥啊？

沒辦法吧！

竟然要人以這種方式覺醒魔力……喂，臭遊戲，別這樣惡整好嗎！

「那麼，開始進行實技課程。各位同學，請到這邊集合。」

聽到老師的聲音，葉卡堤琳娜總算回過神來。

就在這時——

肌膚——突然有種刺痛的感覺。

（？）

似乎感覺到什麼。在尚未理解的狀況下，葉卡堤琳娜回頭一望。

只見在噴水池前方，景象猶如海市蜃樓般搖晃著。當我聚精會神想看清楚時……

海市蜃樓漸漸擴張。

其中心出現了黑色火焰，範圍越燒越大。

空氣震盪著，夾雜電流通過般的麻痛感。

空間——就此撕裂開來。

吼喔喔喔喔————一聲咆哮震撼著耳膜。

近似漆黑的灰色身軀，有著像狼一樣肉食野獸的外型，卻覆蓋著散發金屬光輝的鱗片。從牠咆哮而張開的口中可以窺見三排鯊魚般的牙齒。

真不該拿熊來舉例——！牠大隻到就連亞洲黑熊都算可愛了，身長推測有三公尺！沒記錯的話，在熊當中最大隻的灰熊差不多就是這種規格吧！

竟然真的、真的出現了。

遊戲中的魔獸。

死定了死定了死定了，這比在智慧型手機上看到的更不妙。原來有這麼大隻嗎？

這根本不是在遊戲初期該出現的難易度吧。可惡的混帳遊戲——！

尖叫聲四起，學生們紛紛逃離演練場。

就是說啊！快點逃吧！

這種東西未免太可怕了，上輩子剛好碰到因為沒繫好牽繩而四處遊蕩的黃金獵犬時，我明明都有些嚇到了，何況現在還是貨真價實的灰熊尺寸肉食野獸，帶著滿滿殺氣瞪著我，比黃金獵犬恐怖上一億倍呀，根本是恐懼的化身！

有個逃跑的女學生絆到腳，跌倒在地，陷入恐慌的她只能爬行。

魔獸隨即朝著她探出身軀，逐漸逼近，彷彿揚起奸笑，張開了並列了三排尖牙的嘴。

此時，伴隨轟隆一聲，魔獸的鼻頭前方竄起一道土牆，將牠與女學生隔絕開來。

魔獸不悅地「嘎嚕嚕……」低吼著，一個甩頭粉碎了那道土牆。但倒地的女學生已經趁機重新站起，向演練場外逃離。

魔獸轉了轉頭，朝我瞪了過來，從那純黑的眼瞳中可以看見陰沉的怒火。

牠果然知道……做出那道土牆的人是誰吧。

沒錯，我不會逃。要是大家都逃光了，這傢伙想必就會追去校園或校舍。

說真的，我快嚇死了！兩隻腳顫抖不已。實在太可怕，我都快哭出來了！

跟在智慧型手機畫面中看到的差太多了，眼下與巨大的肉食野獸同處一個世界，殺氣可是迎面撲來啊。身為獵物，在沒有隔著欄杆或高牆的狀況下與捕食者對視的經驗，上輩子可一次都沒有過──！

但我早就知道會有這件事！也做好準備了！

同學們多半只有十五歲，真的仍是孩子。但我是奔三女耶，是大人喔。

不保護他們怎麼行！

所以，我才不會逃呢──！

家庭教師馬爾杜老師在信上這麼建議：

『大小姐，關於妳詢問遭遇魔獸時的對應方法，就土屬性來說，我會建議盡可能做出大型魔像威嚇魔獸。根據魔獸性質不同，有些會在遇到比自己還要大的生物時，選擇不加以反抗而是逃跑，所以您可以試試看。』

雖然牠一副不會逃走的樣子就是了⋯⋯

但還是得試試看！

我將魔力導向地面，土地做出了回應，就像水從泉底湧上，土也一團一團地隆起，接著形成一個人上半身的形狀，大小大概跟一棟三層樓高的房子差不多。

接著，我讓它做出拳頭的樣子，高高舉起。
在魔像的另一頭，傳來轟隆般的咆哮。
高高跳起的魔獸打碎了魔像的拳頭，並著地於魔像頭頂，再次發出咆哮。
那對眼睛像是要射穿葉卡提琳娜一樣看了過來。
我也瞪了回去。
眼眶泛淚就是了！
此時魔像一口氣垮了下來，降下的土塊全掉在落地的魔獸頭上。
然而魔獸馬上甩了甩身子將土塊彈開，並伸出粗壯的前腳向前跨了一步。
牠打算過來嗎？
啊啊啊靠好近啊好可怕喔！
即使如此，我依舊必須迎擊！
魔獸重重踏地。就在這時……
一層魔力鏗——地展開。
魔獸眼前出現了一張閃耀著光輝的盾。身長約三公尺，體重恐怕重達三四百公斤的深灰色龐大身軀，就這麼被那張盾反彈回去，滾落地面。
盾牌接著落地，拂來一陣寒氣。那面盾——是冰。

一道有著水藍色頭髮的高挑身影出現在演練場入口處。

「葉卡堤琳娜！」

兄長大人——！

嗚哇啊啊，他來救我了——！

鎖定了新的敵人，魔獸重新面向阿列克謝。

霓光藍的眼瞳盈滿強烈的光輝。阿列克謝緊盯魔獸，視線當中沒有任何恐懼。而且從他體內不斷湧上壓倒性的魔力。

阿列克謝右手一揮。

咚！

出現了一把刺穿魔獸身體的冰長槍。

並非丟出冰刺穿魔獸，而是讓魔獸體內的魔力產生凍氣，孕育而生的產物。他完美做出高難度的魔力操縱，讓魔獸自體內撕裂開來。

好厲害！

兄長大人好強！超帥——！

住。

就算是那隻魔獸也不禁失去重心，踉蹌了一步。

然而，牠再次揚聲咆哮並震顫身體，弄斷了冰長槍，原本噴出的青黑色血液也跟著止住。

我回想起馬爾杜老師的建議。

『魔獸與其他生物完全不同，只要沒有破壞牠體內的魔核就不會喪命。雖然魔核通常位在心臟，但並非如此的個體也不少見。有些魔核位在腳尖或尾巴之類的地方，所以當攻擊心臟也無法破壞魔核時，便應該放棄破壞，採用其他方法封住牠的行動。說到底，以土屬性的魔力應該難以破壞魔核，因此建議將牠關在土裡。』

阿列克謝的攻擊照理說已經破壞了牠的心臟。也就是說，牠的魔核並不在那裡吧。

既然如此，就採取把牠關進土裡封鎖行動的手段。不過面對動作如此敏捷的傢伙，真的有辦法把牠關起來嗎？雖然也只能硬著頭皮上就是了！

此時，演練場裡噴泉的水高高噴起。

大量的水在魔獸頭上傾瀉而下。

接著藉由阿列克謝的魔力紛紛凍結。

水——沒錯，說到有著水屬性魔力的人……

當我望向演練場入口，阿列克謝身旁的人果然有著一頭夏日天空色的頭髮。我第一次看到米海爾皇子露出認真得嚇人的表情，佇立原地釋放出與阿列克謝不相上下的魔力。

貴族&皇家兩位超級帥哥並肩共鬥！萌翻啦——！

要是沒有在兩人面前依然瘋狂掙扎，試圖將覆蓋頭部的冰打碎，身長達三公尺的魔獸在就好了！

無論兩人多麼帥氣，我仍然害怕到無法從魔獸身上移開視線！地面震動得好厲害！

然而米海爾不僅提供水，每當魔獸打碎束縛著自己的冰時，水就會像長槍一樣狠狠打在魔獸龐大的身軀上，讓牠步伐踉蹌。封住牠的攻擊後，再試著以冰將牠關起來。魔力操縱的手腕真是了得。

無論阿列克謝還是米海爾，都懂得遇到魔獸時要如何應對吧，甚至似乎有過戰鬥經驗。

他們明明都是皇國最高階級的身分，經驗值怎麼會這麼高啊？真是太厲害了！

回過神來，魔獸周遭的地面已是一片泥濘。

既然如此——

雖然很難控制混合了土以外屬性的泥濘，但我仍絞盡魔力。泥土緩緩攀上魔獸身體，再利用凍氣冰凍起來。聽說凍土的硬度堪比混凝土，用來封住牠行動的效果應該遠高於冰。

接著再悄悄將掙扎的魔獸腳邊的土挖開，牠就像是落入陷阱般沉了下去。趁那些撥開的土被魔獸揮落之前，趕緊變成凍土並覆蓋其上，便漸漸形成一道讓牠無法掙扎的束縛。

回過神來，我上下擺動著肩膀，陷入呼吸困難的狀態。嗚嗚——累死了！

但是辦得到，再撐一會兒一定沒問題。

不知不覺間，魔獸全身完全遭受凍土覆蓋。

牠已經不動了，也動不了。

贏——贏了。

贏了吧？

就在這個瞬間……

啪嚓！一道破裂的聲音響起。

吼喔喔喔——！

氣到發狂的咆哮轟隆響起，用後腳站起的魔獸粉碎了凍土，一塊塊剝落。

深灰色的龐大身軀，朝著阿列克謝跟米海爾高高躍起。

住手——！

我情急之下釋放魔力，在兩人面前築起一面土牆。

然而——彷彿早已預測到這一招，魔獸在土牆上著地。

甚至蹬了一下土牆，跳躍到更高的地方……

並從那個高度呲牙裂嘴地鎖定了目標。

牠朝著葉卡堤琳娜降落。

（咦……）

腦中一片空白。

『面對會飛的魔獸時，無法以土屬性的魔力捕捉。請立即逃開或是躲起來。』

雖然那不是會飛……

但是老師，無論如何都沒辦法了……

因為陷入恐慌，魔力失去控制，在阿列克謝與皇子面前築起的土牆也隨之崩毀。

笨蛋。

明明是反派千金。

又不是女主角。

怎麼可能贏得了。

還以為是遊戲。

甚至誤以為……

不會有死亡。

兄長大人對不起——！

支離破碎的思考在腦內不斷湧上時，我的視線像是對那三排白牙看到入迷般無法抽離。

突然間，眼前填滿了整片櫻色。

「住手！」

一道緊繃的聲音在耳邊響起。

從那片櫻色中，綻放出白色的光芒。

芙蘿拉為了護住葉卡提琳娜而張開雙手，擋在她與魔獸之間。

魔獸在空中掙扎。牠被柔和的白光包覆，一副痛苦的模樣。然而不管那龐大的身軀如何抵抗，白色的光芒絲毫沒有動搖。

即使體內被貫穿也不為所動的魔獸，動作漸漸虛弱了下來。牠純黑的眼瞳之中褪去了怒火，就像是寄宿了澄澈的光輝一般——

已經動也不動的魔獸，靜靜地用那雙眼直視著芙蘿拉。

忽然間白光消逝，魔獸的蹤影也隨之消失。

演練場恢復一片寂靜。

芙蘿拉的身體不穩地搖晃了幾下，葉卡提琳娜連忙從後面抱住她，雙腳卻也使不了力，兩人就這樣虛弱地跌坐在地。

都快要哭出來了。葉卡提琳娜渾身顫抖著，就這樣抱緊芙蘿拉。

謝謝，謝謝妳。

竟然衝到那麼恐怖的傢伙面前保護了我。

芙蘿拉妹妹多麼勇敢啊。

妳自己應該也覺得很害怕才對。

太厲害了。

果然，女主角就是這麼厲害呢。

「芙、芙、芙蘿拉小姐，妳、妳的身體……沒事吧？」

儘管連講話都不禁結巴，葉卡堤琳娜依舊關心著芙蘿拉。

「我……我沒事。」

像是嘆了口氣般回答之後，芙蘿拉的手輕輕覆上葉卡堤琳娜環抱著自己的手臂。面對仍在發抖的葉卡堤琳娜，她加重了手中的力道。

「葉卡堤琳娜小姐才是，有沒有受傷？」

「我、我沒有……受傷……」

這麼回應她之後，葉卡堤琳娜才發現芙蘿拉還是第一次以名字稱呼自己。

這時……

「葉卡堤琳娜！」

飛奔而至的阿列克謝握住妹妹的肩膀。

「兄長大人——！」

回過身之後，葉卡堤琳娜投入了兄長的懷抱。

看著妹妹像個孩子一樣大哭出聲，阿列克謝都忘了要控制力道，盡全力抱緊她。

嗚哇啊啊啊，好可怕啊——！

「葉卡堤琳娜……葉卡堤琳娜。」

好痛。身體痛到幾乎都要吱嘎作響，現在卻只覺得開心不已。

好痛啊，我還活著啊！

就算是奔三女，就算是社畜，恐怖的東西依舊很恐怖，我都覺得自己要死了！

儘管上輩子也曾經歷系統發生故障，被人說要是三個小時內沒有修好就要跟我求償幾十億的時候。當下我也是雙手一邊發抖，心跳狂飆到以為自己要死了。但那並非真正的死亡嘛！

那道尖牙！

光是回想起來就覺得好可怕，好可怕啊——！

阿列克謝以嘶啞的嗓音不斷喊著妹妹的名字，直到聽見葉卡堤琳娜的低吟，才終於回過神來，放輕了手臂的力道。

「抱歉，讓妳很難受嗎？」

葉卡堤琳娜仍然抓著兄長，搖了搖頭。

「兄長大人，謝謝你……謝謝你來救我……謝謝……」

一邊抽噎地吸著鼻子，葉卡堤琳娜總算好好道謝之後，阿列克謝抱著妹妹的手臂又稍微注入了一點力道，並對她低語：

「只要是為了妳，無論天涯海角我都會去。就算是地獄，我也一定會去救妳。」

……………怦咚。

我死啦！

被各種要素萌到死啦！

被緊緊抱著！在耳朵旁邊！用兄長大人那美好的聲音低語啊！

況且聲音還悲切得有些嘶啞，讓效果加倍！更因為兄控而繼續翻倍！

就連說出口的話，我都以為是日本流行歌曲的歌詞，或是會被動畫主題曲採用的那種！但這完全不是刻意耍帥，而是將打從心底認真這麼想的事情，盡可能明確化作言語表達出來罷了！

更重要的是，他真的一如這句話所言，不顧生命危險地跑來了！

不行，妹妹嫁不出去了！兄長大人要負責！

等等，我別再說這種蠢話了。

而且在被萌死之後，腳反而使得上力氣。萌就是生命力呢！

「兄長大人……是芙蘿拉小姐救了我。」

發現仍跌坐在地的芙蘿拉露出微笑，抬頭看著兩人，葉卡堤琳娜如是說。

阿列克謝點了點頭，鬆開抱住妹妹的手。

接著，他在芙蘿拉面前單膝跪地，牽起她的手。

「芙蘿拉．契爾尼小姐。」

他虔敬地喚著她的名字，並像要接過那隻手一般垂下了頭。

對著美少女下跪的美青年！

何等眼福！簡直就是一幅畫了！

葉卡堤琳娜內心大為亢奮。

「我由衷感謝妳拯救了我妹妹的勇氣。同時請讓我再次為前幾天的失敬道歉。是我太愚蠢了。」

「沒這回事……」

芙蘿拉睜圓了眼，一直搖頭否定。但阿列克謝依舊繼續說了下去。

「我等尤爾諾瓦一家從妳手中收下了絕對無法償還的恩義，因此，希望妳能收下這份誓言。」

誓言！

我記得在遊戲裡皇子也這麼做了！

「吾，尤爾諾瓦宗主阿列克謝，認定芙蘿拉・契爾尼為尤爾諾瓦之友。所有名為尤爾諾瓦之人，當將以友人之幸福為己身幸福，以友人之敵視作己身之敵迎戰。妳的敵人就是吾之敵人，妳的喜悅就是吾之喜悅。誠如是也，宗主阿列克謝在此誓言。」

哇啊……

這番仍帶有建國時期的色彩，又饒富戰國時代感的說詞，真讓歷女的熱血沸騰啊～

「公爵閣下……！還請您別這麼介意。是葉卡堤琳娜小姐對我有著償還不了的恩情，因此請您別向我這種人屈膝……」

「直到妳收下這番誓言為止，我都不能站起。所謂誓言就是這樣的東西。」

面對猛烈搖頭的芙蘿拉，阿列克謝只是溫和地這麼說著。雖然溫和，卻也讓人感受到堅定不移的信念。

「我、我明白了，我接受這番誓言，所以請站起來，請您站起來。」

傷透腦筋的芙蘿拉這麼說完，阿列克謝便露出微微一笑，接著在站起身時輕輕牽起芙蘿拉的手。

雖然仍然睜圓著眼，芙蘿拉還是依著阿列克謝的手，緩緩站起。

天啊，兄長大人太棒了！真的猶如一幅畫的俊男美女！

但是……這難不成……

是旗標？

是這樣嗎？究竟是怎麼回事……

應該沒有女主角能攻略兄長大人的路線才對啊。但在遊戲中，兄長大人根本沒有出現在這個劇情裡呢。是因為不同於遊戲劇情，他跑過來了，才會產生新的路線嗎？

畢竟是個在現實生活的戀愛只留下黑歷史的可憐女人，要是偏離遊戲劇情的發展，我就沒轍了。

若是如此，為了兄長大人好，我也很開心，卻仍舊難免覺得寂寞……儘管能生作兄長大人的妹妹很幸福，不過至少想在上輩子的遊戲中攻略看看兄長大人啊。

「真是太好了呢。」

咿呀呀！

突然被人搭話，害我嚇到心臟都要從口中蹦出來了。不知不覺間，米海爾站到我身邊。

對耶，抱歉，皇子！我完全忘了你也在場！

希望這個事實千萬不要被他發現！

我才這麼想，下個瞬間米海爾的眼睛就閃過一道光芒。

並不像在生氣，卻有種感到可疑的感覺……為什麼呢？總覺得被他發現我忘記他的存在了……

「只要尤爾諾瓦正式成為契爾尼小姐的後盾這件事傳遍學園，她往後的學園生活就安泰了吧。即使妳不用一直跟她待在一起，以目光戒備著他人，也已經安全嘍。」

皇子……他知道芙蘿拉妹妹被人欺負的事啊。明明是皇家王子，真的是個相當機警的孩子呢。這麼說來，之前他跟我們搭話時，我也覺得他的眼睛很敏銳。

一邊想著這些事情，我這才忽然發現皇子的制服被土壤塵埃弄髒了。

啊……是剛才那面土牆害的！雖然是想保護兄長大人跟皇子不被魔獸襲擊，卻因為變得無法控制而崩塌……

「殿下，真是非常抱歉。」

葉卡堤琳娜連忙替米海爾拍掉制服的塵埃。

再說了，冷靜下來想想，完全沒必要做出那面土牆嘛……

無論兄長大人還是皇子，要是自己來想必可以應對得更好。

不僅如此，那道牆甚至成了魔獸的跳板，更因為失去控制而從兩人頭上崩塌，造成他們一時無法釋放魔力……

完全只是自己促成了自己的危機，根本派不上用場……

「殿下，非常感謝您不顧貴體趕來，實在是不敢當。明知如此，我卻如此疏忽大意……」

我不禁消沉地喃喃說道。這時，米海爾露出微笑。

「因為之前收下美味的食物了嘛。千金小姐親手做的料理可是十分珍貴呢。」

……餵食的威力也太強大了。

不是啦，應該是基於遊戲法則吧。在遊戲當中，皇子一定會跑來救助女主角，所以他才會過來吧。

「而且我跟阿列克謝都曾接受魔力戰鬥的訓練，也有討伐魔獸的經驗。妳既然沒有受過這樣的訓練，那時會耗盡氣力也是理所當然的。」

嗚嗚……真搞不懂這是在幫我說話，還是在責備我……

呃，等等，竟然討伐過魔獸。這世界到底讓年僅十五歲，還是皇位第一順位繼承人的人物做了什麼啊！

「然而，先不論阿列克謝，我擊退魔獸的經驗，不過是在事前準備都很完善的前提下進行的一場儀式而已。抱歉，剛才說得太自以為是了。但尤爾諾瓦領地常出現高強的魔獸，所以阿列克謝應該真的指揮過好幾次討伐行動就是了。」

米海爾笑著這麼坦言。

原來如此～～不過你啊，說是一場儀式，代表是在一群士兵圍繞之下，打倒一開始就視為目標的魔獸嗎？即使如此，光是跟那種生物正面對槓就夠恐怖的了。更何況明明只具備這樣的經驗，卻能沉著冷靜地用水長槍擊倒那種身軀龐大的魔獸嗎？倒不如說是很強呀。

話說回來，公爵的工作範圍也太廣！綜合商社的總裁兼縣長，還兼任魔獸討伐指揮官！兄長大人太厲害了！

「但妳仍要做好覺悟。依照阿列克謝的個性，事態平靜之後，他想必會對妳好好說教一番喔。阿列克謝會搬出毫無破綻的滿滿道理說教，實在有夠難熬。雖然我們是從小玩在一起的朋友，不過比起被大人罵，我更怕被阿列克謝說教，甚至到了只要我做什麼壞事，母親大人就會把阿列克謝叫來的程度呢。妳加油吧。」

唔……不、不過，皇子身邊那些的大人是怎樣啊！話雖如此，真不愧是兄長大人……但兄、兄長大人是妹控，所以才不會說教呢！

而且皇子感覺好像很開心……他是不是滿壞心眼的？或者因為我是反派千金？

「所以在那之前，我想先對妳說……」

米海爾揚起微笑。

哇～～是要對我說什麼！

不管高一男生說了什麼，奔三女都不會動搖啦～～～！

「妳十分勇敢。」

……什麼？

「明明害怕到哭成那樣，妳依舊這麼努力呢。我想包含教職員在內，在場的這四個就是這間魔法學園中擁有最強魔力的人了。正因為有妳擋了下來，我們四個才能同心協力擊退牠，也沒有造成任何傷亡。雖然獨自跑去跟魔獸對峙實在太有勇無謀，但我認為妳的舉動非常了不起。」

……………………

呃，這個嘛。

也不是這麼值得稱讚的事啦。

因為有著遊戲的知識，知道要是不打倒那傢伙，事情會變得很嚴重，我才能這麼努力。

但是，總覺得有點……嗯……很開心。

大概是因為剛才回想起上輩子工作上的事了吧。被要求在三小時內修復好系統故障的地方，不然就要我賠償的時候。

我幾乎是獨自在十五分鐘內鎖定原因，並在半小時內修復完成。

當我向上司進行修復報告時，得到的卻是「在客戶開始營業前，彙整好原因跟防止問題再次發生的對策，做成報告交上來」。

原因？就是因為我之前說過那麼多次沒辦法，卻仍硬要塞進來的規格變更害的啊白痴！

但我終究沒能說出口，默默地做完報告，還熬夜了一整晚。系統工程師就是這種工作啦。

不過這次，我經過一番努力，然後得到稱讚了。

只不過是這樣，竟然就眼眶泛淚，我到底是怎樣啦。

上輩子雖然已經習慣得不到回報，但那樣果然還是很辛酸。

謝謝你，皇子。

十五歲就惹哭奔三女，這孩子的未來真是不得了。他以後一定會成為受到許多部下仰慕及敬畏，了不起的領袖。

才這麼想，米海爾便以雙手牽起葉卡提琳娜的兩隻手。

「好像讓妳悲從中來了。抱歉。」

「不、不是的，並不是因為這樣。」

「那就好。喏，可以的話，希望妳以後不要叫我殿下，叫我米海爾就好了。」

「好的……啊？」

之所以發出這般一點也不像千金小姐該有的聲音，都是因為我對米海爾這句話有印象，在上輩子玩的少女戀愛遊戲中。

一同擊退魔獸並提升了親密度的皇子，對女主角這麼說：「叫我米海爾就好。」

那是！要對女主角說的台詞。這很重要！

可不能對反派千金說！

「不、不敢當。」

「阿列克謝在繼承爵位之前，也都不是叫我什麼殿下，雖然一繼承爵位便說要遵守君臣間的紀律就是了，但妳算是親戚，也不是公爵，沒有任何問題。」

不，大有問題啊！雖然我沒辦法明說問題出在哪裡！

這、這下該怎麼辦才好？為了避開毀滅旗標，到底要怎麼做才是正確解答？

「殿下。」

感覺變涼了。並非氣溫，而是背脊發涼。

前來搭話的人當然是阿列克謝。

他的身形看起來比平常還要高大。不知為何，他帶著壓迫感佇立原地。

況且視線還在冰點以下。

「啊，抱歉。」

米海爾連忙鬆開葉卡提琳娜的手。

咦，是因為這樣？

真不愧是兄長大人，比起君臣間的紀律還是以妹妹優先。絲毫不受動搖的妹控。

走到葉卡堤琳娜身邊的阿列克謝牽起妹妹的手，垂眼看向米海爾。

「殿下，還請您嚴加自律此等有損我妹妹風評的舉動。」

「抱歉，因為她的勇氣太令我感動了。你的妹妹真是一位勇敢又出色的人呢。」

光是被人牽手就有損風評啊。不過我記得英國在維多利亞時代的貴族社會中，好像確實有這樣的風氣。看來我也得多加留心。

不過皇子……是看準兄長大人妹控這點，才把我捧上天吧。

年紀輕輕不但聰明，還很會嘛，真有本事。大姊姊真的有夠期待你的未來。

「契爾尼小姐也是，希望妳能用名字叫我。妳的魔力足以打倒那隻魔獸，實在太厲害了。我想妳的魔力屬性恐怕相當罕見吧。能跟妳成為朋友的話，我也會很開心。」

哦哦！

皇子很厲害耶。看來他對芙蘿拉妹妹的屬性已經有頭緒了呢。而且也接近了女主角。

很好，既然如此就答應他吧！

「這真是我們的榮幸，對吧，芙蘿拉小姐。既然如此，若是您也別用姓氏，而是以名字親近地稱呼，我們也會感到很開心。芙蘿拉小姐，這樣可以嗎？」

「好、好的。既然葉卡堤琳娜小姐都這麼說了……」

一如阿列克謝，芙蘿拉也走到與他相反的葉卡堤琳娜另一側，先是睜圓了眼，隨即笑了。

接著，她便勾起葉卡堤琳娜的手臂，抱了上來。

啊啊，好可愛，在超近距離露出笑容的威力之強大……

而且還是她主動勾上手臂耶。

不再是尤爾諾瓦，她也習慣了以葉卡堤琳娜稱呼，感覺彼此間的距離一口氣縮短了。

這個狀況也太厲害了吧？一手牽著兄長大人，另一手勾著女主角。豈止是左擁右抱而已，兩個人都太豪華了。

而且眼前還有一個皇子。

……雖然我多少覺得這樣的相對位置有點奇怪就是了。

芙蘿拉妹妹，妳對皇子再親切一點也沒關係吧？總覺得看向皇子的眼神好像很嚴厲耶。

但要是想攻略皇子，的確不能太過主動倒貼，所以也沒差吧。

別看皇子這樣，他可是會追到對方都覺得有點嚇到的程度。要是有人妨礙或是出現什麼阻攔，反而更會挑起他的鬥志，是有些肉食的類型。

儘管似乎也誕生了兄長大人路線，總之芙蘿拉妹妹，加油！

在少女戀愛遊戲當中，魔獸出現的劇情在打倒魔獸之後便結束了，女主角跟攻略對象馬上就回到了原本的生活。

但仔細想想也是理所當然，魔法學園陷入一陣騷動之中。學園裡四處可見武裝的皇都警備隊，瀰漫著劍拔弩張的氣氛。

還有沒有魔獸潛藏在這個占地遼闊的學園之中？為什麼魔獸會突然出現？現在似乎正地毯式尋找關於這些疑點的蛛絲馬跡。

所有課程全部中止，學生們都被要求回到宿舍中並禁止外出。然而不只目擊魔獸出現瞬間的葉卡提琳娜，他們也希望與魔獸當面對峙的阿列克謝及米海爾能提供情報。

唯獨芙蘿拉為了重新鑑定魔力屬性，被鑑定師帶去其他地方。

關於提供情報這件事，葉卡提琳娜跟阿列克謝之間發生了這樣的事情。

「警備隊那邊就交給我去說明，妳趕緊回宿舍休息。這是妳第一次使出那麼多魔力吧，應該很累了才對。」

在被叫去提供情報之前暫時待機的小房間裡，聽阿列克謝這麼說之後，葉卡堤琳娜睜圓了眼。

「不，兄長大人，我不要緊。那隻魔獸現身的瞬間就只有我看到，得好好說明我所見的詳細狀況。」

我是因為想知道為什麼會出現魔獸，牠又是怎麼出現的，才會想提供情報。要是過程中透過他人轉達，情報的準確度肯定也會受到影響。

但阿列克謝依舊搖了搖頭。

「不行，妳的身體本來就不是那麼健康，要是又昏倒該如何是好？妳得再更有這樣的自覺，好好保重身體才行。」

不是，呃……請把那個體弱多病的設定刪掉吧，我會昏倒是另有原因……雖然很想這麼說，但那個原因我又絕對說不出口啊啊啊。

「兄長大人……為了以後不再發生這樣的事情，我認為協助調查也是相當重要的義務。要是我沒有達成這項義務，獨自休息，恐怕有損尤爾諾瓦公爵家的名聲。」

我一搬出三大公爵家的名聲，阿列克謝的眼神便稍微柔和了下來。

「妳已經夠了不起了，葉卡堤琳娜。為了讓班上同學逃走，獨自與魔獸對峙，妳早已展現出勇氣與氣魄。我也以妳這個不負尤爾諾瓦之名，品格崇高的妹妹為傲。所以妳儘管休息吧。」

「兄長大人……」

「葉卡提琳娜。」

阿列克謝的聲音嚴肅了起來。

「妳很了不起，這是千真萬確的事實。然而妳也同樣無謀，知道嗎？」

唔……

「妳未曾接受與魔獸戰鬥的訓練，不僅如此，還是直到最近才開始學習一般程度的魔力操縱。但凡冷靜判斷，妳都應該逃跑，畢竟任誰都無法保證我跟殿下有辦法趕過去。」

唔唔……

這、這麼說是沒錯啦……但遊戲就是這樣，我也沒辦法啊！

嗚哇啊啊，果真一如皇子所言，會被兄長大人說教嗎？

而且我怎麼好像默默地垂著頭啊？上輩子當社畜時，我只要有話反駁，無論對方是上司還是客戶都口無遮攔耶！

現在是怎樣？因為聲音太好聽嗎？因為他說的都是對的嗎？不對，不是這樣吧。

因為太有魄力了。

上輩子無論上司還是客戶，我從來沒見過有人這樣一字一句都講得如此鏗鏘有力。這就是皇子說的，從小就比大人說的更有用的說教嗎——！事到如今，還是令人不禁想問，你真的只有十七歲嗎，兄長大人？

「妳有稍微……想過這些嗎？」

忽然間，阿列克謝的聲音輕顫了一下。

「當我突然感受到魔獸的氣息而嚇了一跳，朝著教室的窗外看過去時，只見演練場上有魔獸，還有妳。甚至連老師都紛紛逃竄的情況下，就只有我的妹妹獨自上前要與之對峙。妳知道我看到那幅光景時是什麼樣的心情嗎？」

啊嗚嗚……

「我以為會失去妳。天曉得我有多麼害怕。我並不懼怕魔獸，然而只要我一想到……妳要是有個萬一……那個時候，在崩塌的土牆前方，我看見了朝妳襲擊而去的魔獸。我救不了妳。在那個瞬間……」

阿列克謝的聲音聽起來是那麼痛苦，讓葉卡堤琳娜不禁屏息。

「要是失去了妳，我打算乾脆凍結自己這個派不上用場的心臟，甚至不想活了。」

「兄長大人！」

用自己的魔力了結性命的方式，以上輩子來說就跟武士切腹極為相似，是這個國家貴族的死法。

「除了妳之外，誰都不在我身邊了。如果失去妳，我活著還能做什麼？妳好好想想。我之前就說過了吧，妳要是有個萬一，我就活不下去了。我說過，妳就是我的生命，我的生命就掌握在妳的手中。拜託妳……」

「兄長大人……？」

「想想這件事情……」

不──！兄長大人是在哭嗎？

「對不起對不起，這次全是我不對，我再也不會做出這種事了絕對不會──！不──拜託你不要哭──！」

朝著阿列克謝飛撲過去的葉卡堤琳娜，自己說著說著也快哭了。

「兄長大人也是我的生命啊！兄長大人才是最重要的。只要是為了兄長大人，我什麼事情都願意做，兄長大人就是我的幸福啊～～明明這麼重要～～兄長大人卻因為我～～」

「……」

「我無法原諒我自己！兄長大人對不起～～」

阿列克謝什麼話都沒說。

嗯？

葉卡堤琳娜霎時鬆開阿列克謝，並抬頭看向兄長的臉。

「兄長大人在笑！」

「不……」

阿列克謝搖了搖頭，但不管怎麼看都是在笑。而且感覺還笑得很幸福。

「太過分了！你騙我對吧？」

「沒有，只是妳太……」

「你果然在笑嘛——！大騙子——！」

我明明真的差點要哭出來了！

嗚哇——！現在是要怎麼補償我！

看我的——！

葉卡堤琳娜伸長了手，粗魯地搓亂阿列克謝的頭髮。

這種報復手法實在太孩子氣，阿列克謝終究還是大笑出聲了。為了讓妹妹好好發洩，他自己還稍微低下頭來，根本已經稱不上什麼報復。

……搓亂頭髮這種事情，做十秒就夠滿足了。

應該說，我實在難以忍受自己做的這種蠢事，手於是停了下來。

「……」

噗——地鼓起臉頰，葉卡堤琳娜的手抽離了兄長的頭髮。就奔三女來說是滿不要臉的，但偶爾也是有想這樣鼓起臉頰的時候。

「妳滿足了嗎？」

在一頭凌亂的瀏海下方，阿列克謝看著我這麼問道。那雙霓光藍的眼神當中，躍動著比平常還要明亮的光芒。

為什麼會莫名一臉開心的樣子啊？那種像在撒嬌的笑容是怎樣啊？你的顏面肌肉什麼時候這麼發達了？說好的面無表情設定是拋去哪裡了？明明身材這麼高挑還露出那種向上抬眼的眼神是怎樣啊——真是的，可惡可惡可惡——！

「……對不起。」

葉卡堤琳娜伸出了手，重新將他的瀏海梳理好。阿列克謝不禁瞇細了眼睛。

「對不起，讓你擔心。我不會再做出那種事情了。」

「嗯。」

既然女主角——芙蘿拉妹妹覺醒自己魔力的劇情已經通關，應該就不會進入魔獸接連襲擊，導致皇國滅亡的路線才對。所以，已經不必再和魔獸戰鬥了。

……大概吧。

「但是……兄長大人，就算再怎麼近，要我自己回去宿舍還是會覺得害怕，待在兄長

大人身邊才是最讓我安心的。因此，能不能讓我跟你一起去找警備隊呢？」

「……」

隔了一拍，阿列克謝嘆了口氣。

好耶，逆轉勝了。

「……好一招任性啊，妳真是是個聰明的孩子。我知道了。之後再送妳回宿舍吧。」

身為社會人士，如果有想爭取的事情，可不能挑戰個一兩次就放棄。

是說，早知道一開始這樣講就好了呢。

學到一招了！

儘管阿列克謝贏不過妹妹，但接下來就是他無人能敵的舞台了。

學園裡一間比起阿列克謝作為辦公室的房間還小上一圈的會議室，分配給皇都警備隊用來聽取筆錄。被叫進去之後，只見三名穿著警備隊制服的人、校長（正確來說是學園長）及副學園長都已經先來待命。

他們繃著的臉孔看起來心懷不滿，像是在說「竟敢做出只有學生就與魔獸對峙這種危險的事情」。或許站在他們的立場的確必須這樣告誡，但那也是不可抗力，真希望可以放過我們。搞不好兄長大人就是知道會有這樣的狀況，才會想讓我先回去。

米海爾、阿列克謝、葉卡堤琳娜依序坐上沙發後，阿列克謝先發制人。

「我在等候各位的報告。」

本來要說些什麼的學園長就這樣僵住了。

我懂他的心情。兄長大人，那可不是學生要說的話，而是措辭有禮的上司的台詞啊。

「啊——……報告是指……」

「是指現在調查的狀況。各位到現在做了怎樣的調查？已知哪些事情？尚未辨明的又有哪些？眼下應該還沒什麼進展吧。我不要求結果，但希望能了解調查方針。」

完全是上司……

「這……要說起方針……總、總之，這是在學園發生的事情，請交給我們處理。」

「我並非要指揮調查這件事。但現在殿下身處這所學園，請問各位要如何向陛下報告關於這次的事態呢？倘若最後是殿下要親自報告，就需要在這個場合向殿下回報目前的調查進度狀況吧。況且，那隻魔獸出現在舍妹葉卡堤琳娜參加的課堂上，對尤爾諾瓦公爵家來說是必須關切的問題。希望各位可以事先了解我並非作為學生，而是站在尤爾諾瓦公爵的立場，看待這次事件的調查狀況。」

殿下、陛下、公爵家。

皇家加上貴族的壓力有夠可怕。

學園長的臉色好糟……就算被問到要怎麼向陛下報告也很傷腦筋吧。真令人同情。

瞥了一眼垂下頭去的學園長及副學園長，阿列克謝便抬頭看向三名皇都警備隊隊員。

「抱歉，這麼晚才切入正題。聽說各位希望我們提供關於魔獸出現的情報。」

「是！」

三個人不禁打直了背脊。

現狀啊，一直都是兄長大人的回合。明明是學生卻是上司，真不愧是兄長大人。

這時忽然發現，坐在阿列克謝另一邊的米海爾朝我這裡看了過來，淺淺笑了一下。

表情看起來就像在說「對吧」一樣。

葉卡提琳娜趕緊瞥開視線，將注意力集中在警備隊身上。

「對吧」什麼？「對吧」是怎樣？被帥哥眼神交流了啦。

他是想說從以前開始與其被大人罵，更怕被兄長大人說教這件事嗎？從以前開始就是這種感覺了啊。即使如此，小時候的兄長大人應該很可愛吧。呵呵。

不過皇子啊，不要太靠近反派千金啦。

正因為你是個好孩子，我反而不知道該如何是好啊。毀滅旗標太恐怖了。

在那之後的三天，皇都警備隊在學園當中展開大型搜索，徹底調查了是否仍有其他魔獸潛藏，以及有無進行過某種儀式的跡象。但似乎沒有查出任何相關證據。

「那種魔獸雖然罕見，不過現在得知曾有一例出現在湖沼地帶。然而沒有任何跡象顯示那隻在湖沼地帶捕捉到的魔獸，曾被誰運來皇都。雖然縮小了規模，學園內的搜查仍舊持續當中。不過今後似乎會針對據說亞斯特拉帝國時代曾經存在過的召喚技術展開調查。尤爾瑪格那好像主動說要全面協助調查召喚技術的樣子。」

阿列克謝接到報告之後，這麼告訴我們。

報告似乎是在學園的會議室進行的，他在回去宿舍的途中請葉卡堤琳娜及芙蘿拉到女生宿舍附近的涼亭，轉達了這些內容。

他們三人身旁站著女僕米娜及侍從伊凡。先不論伊凡，雖然我跟米娜說過她留在宿舍就行了，但米娜堅持要跟在大小姐身邊。魔獸出現的那天，她冷酷的美貌難得扭曲，並帶著平靜的怒火說「大小姐遭遇危險時，我竟然不在身邊……」在那之後就跟葉卡堤琳娜形影不離。

而且還有幾名警備隊的隊員為了保護阿列克謝往來宿舍，正在遠處護衛著一行人。

不過這個涼亭，我記得也曾在少女戀愛遊戲中短暫出現過。它的構造優美，現在四周開滿了杜鵑花，這樣的造景之下還有著阿列克謝跟兩個美少女一起坐在桌邊的身影，光是如此，好像就能構成一幅畫了。

「也就是說，無法再期望有更進一步的進展了吧。但尤爾瑪格那為什麼會介入呢？」

「因為瑪格那從始祖那一代開始，就有專門研究亞斯特拉帝國的機構了，其文獻的豐富程度可說是世界上數一數二。他們應該也投注了莫大的資產吧。」

「這樣啊……」

那也太水戶德川家。

平常我總是覺得三大公爵家很像德川御三家，現在好像可以個別分出哪個公爵家像是哪個大名了。

水戶德川家從之前改編成國民電視劇的那一位時代開始，就一直在編撰一本名為《大日本史》的歷史書。雖然只是民間流傳的說法，但我曾看過資料顯示據說花費在那上頭的錢就占了水戶藩GDP（國內生產總值）的三分之一，換算成茨城縣的GDP（國內生產總值）來說，超過了一兆日圓。

而且水戶德川家為了讓自己的家世配得上御三家，還將石高（也就是收入）設定得比原本的水準更高，加重了各方面的負擔，說穿了就是很窮困。尤爾瑪格那家不只是設立了亞斯特拉帝國研究機構，到現在仍保存著開國當時的大騎士團，似乎也造成他們財政緊縮，況且崇尚武藝的風氣，以及想重回亞斯特拉時代的類懷舊主義，也都很像水戶藩的作風。雖然這只是我個人的感想。

這似乎是起因於尤爾瑪格那的始祖保羅是武事相關的人，因此秉持著「不只武藝，文才方面也要見長才行！」這樣了得的志向。亞斯特拉帝國的研究是在各種學問當中尤其崇高的領域，確實宛如瑪格那的自尊。但總覺得……他們可以不用這麼勉強。

至於坐擁港灣的尤爾賽恩就像是尾張德川家；尤爾諾瓦則因為森林資源豐富，好比紀州德川家。

這樣的比較真的超無所謂，反正只是身為歷女的自我滿足嘛。

「雖然無法查明魔獸出現的原因令人感到不安，但芙蘿拉小姐也因此覺醒了自己的魔力。像那樣的事情一定不會再有第二次了。」

「嗯，也是呢。」

接收到兄妹倆投來的視線，芙蘿拉羞紅了臉。

「若是還能像那樣幫上各位的忙就好了。」

「妳不用這樣給自己壓力。他們不是說，光是皇國擁有覺醒後的魔力屬性為『聖』的人在，就足以鎮住魔獸的活動了。對所有皇國國民來說，這確實令人欣喜，但芙蘿拉小姐不用為此扛上任何責任，只要一如往常地生活就好了。」

沒錯，判明芙蘿拉妹妹的魔力屬性了。

屬性是「聖」。

在一個世代之中，有沒有出現一個都說不準的超稀有屬性。

儘管已經在少女戀愛遊戲中得知這點，實際判明時我依舊超感動！

雖然並未出現在少女戀愛遊戲當中，但其實擁有聖魔力屬性的人，縱使在亞斯特拉帝國也有著十分崇高的地位，因為持有人多為女性。有些時代還會稱之為聖女，並擔任負責鎮住玄龍等級強大魔獸的巫女。

所以說，應該不用再次經歷那種恐怖的回憶了！

接下來，只要芙蘿拉妹妹跟皇子在一起，毀滅旗標的對策也就完美達成了！

……我是這樣相信的啦……

仔細想想，我上輩子只玩過皇子路線而已啊——

時不時就做出跟遊戲不一樣的事情，可能也會產生不一樣的路線耶——

我也不是沒有想過這些事情……

「謝謝妳，葉卡堤琳娜小姐。只是目前好像沒有其他擁有聖魔力的人，所以魔力操縱上似乎只能仰賴文獻，並靠自己琢磨了。不過他們說，擁有聖魔力的人大多都很有名，因此留下的文獻滿多的。要是那種幾乎沒有文獻，真的相當罕見的屬性，就得自己架構出控制方法才行，有時甚至無法察覺是獨特的屬性。所以，我會滿懷感激地解讀文獻，並以自己的方式學會魔力操縱。」

「芙蘿拉小姐真是厲害。看來有著罕見魔力的人都會歷經這番辛勞呢。」

真不愧是個性認真的芙蘿拉妹妹。

畢竟就連這所學園的演練場都是屬性人數越多，設備就越為完整嘛。一個世代都不知道會不會有一個人的狀況下，老師會不知道該怎麼教也是無可厚非。

「尤爾諾瓦家或許也有些關於聖魔力的資料。我聽說過去為了討伐魔獸，曾請這樣的人士待在公爵領地一陣子。我這就讓人找看看。」

「謝謝您。希望總有一天……能助上尤爾諾瓦的各位一臂之力。我會加油的。」

「那真是令人感激。」

畢竟魔獸會帶給尤爾諾瓦領地很大的危害，能夠發揮足以鎮住或是驅除魔獸力量的聖魔力屬性持有人，肯定是有益的存在，也就是所謂的雙贏關係。

「對了，葉卡堤琳娜。關於教妳如何應對魔獸的那位家庭教師，我將他那封信給騎士團長看過之後，對方表示很感興趣。或許可以僱用他為尤爾諾瓦騎士團的魔獸對策參謀。」

「這樣啊！」

馬爾杜老師要從家庭教師（非正式僱用）變成騎士團員（正式僱用）了嗎？

那真是可喜可賀！

「馬爾杜老師是一位優秀的人才喔。他也有個年紀還小的千金，若是可以任職安定的工作，想必他的家人都會感到相當開心。還請兄長大人替他美言幾句。」

「既然妳這樣說，就這麼辦吧。連家庭教師的家人都這麼關心，妳真是體貼的孩子。」

在露出微笑的阿列克謝身旁，芙蘿拉也笑咪咪。

不，會關心認識的人的生活很正常吧。畢竟上輩子也有著「萍水相逢即是有緣」這麼一句話嘛……

還是說，換作階級社會看來，就不太一樣了呢？

啊，不，不是這樣。事到如今，我還說這什麼話啊。

只是因為兄長大人對於妹妹的評價過於寬容而已啦，嗯。

在魔獸出現的三天後，總算重新恢復上課了。縱使經過一番地毯式搜索，別說魔獸的身影，就連一點蹤跡也沒發現。為顧及課程進度，學園便以皇都警備隊會在學園進行巡邏為條件，做出了安全宣言。

儘管學園內有武裝的警備隊來來往往的光景充滿緊張感，但學生們回來上課之後，學園也跟著重新找回活力。

葉卡堤琳娜約芙蘿拉一起去上課。即使進入教室的兩人依舊被班上同學避而遠之，但她們也都習慣了。

這樣的兩人，不，目標應該只有一個人吧，聽見了刻意要說給人聽的嘲諷。

「真討厭呀，元凶竟然這般若無其事地跑來上課。」

「對嘛對嘛。」

……時隔幾天，這種沒營養的找碴聽起來甚至教人懷念呢……

而且，我就等著她們這一番話。

組。

「我好像聽見了什麼奇妙的話呢。」

勾起最適合反派千金，只稍微揚起嘴角的輕蔑笑容，葉卡堤琳娜重新面向對馬三人組。

「所謂元凶，指的是什麼？」

「哎、哎呀。」

平常完全忽視她們發言的葉卡堤琳娜這麼回問之後，對馬三人組嚇了一跳。

「就、就是前幾天那隻魔獸呀。那種東西竟然會出現在這所魔法學園中，也太奇怪了，肯定是有人圖謀不軌。」

「對嘛對嘛。」

輕輕握了一下有些擔心地正想拉自己袖子的芙蘿拉的手，葉卡堤琳娜凜然挑起了眉。

「正因為覺得奇怪，皇度警備隊才會全力進行調查。既然妳們做出指認元凶的發言，想必有其根據吧？倘若妳們持有連警備隊都找不到的證據，為什麼沒有馬上交給他們？」

「什、什麼證據……只是大家都這麼說啊。身分地位不同的平民，肯定會圖謀不軌。」

「對嘛對嘛。」

葉卡堤琳娜緩緩地用一隻手掩著嘴邊。重點在於小指要稍微翹起來一點。

「哦——呵呵呵！」

接著高聲尖笑。超想試一次看看的反派千金笑法！

接著再讓背景添上烏雲，降下雷擊。葉卡堤琳娜目光銳利地蔑視著對馬三人組。

「所謂的『大家』是指？真想具體聽聽看是哪幾位的名字呢。」

「大、大家就是大家啊。」

嗯，妳們三個湊起來叫大家對吧。我知道。

「這不過是帶著惡意的妄言呢。再這樣下去，尤爾諾瓦家不會輕饒。我就藉此機會明說了，我的兄長——尤爾諾瓦公爵阿列克謝立下誓言，這位芙蘿拉・契爾尼小姐是我的救命恩人，也是所有名為尤爾諾瓦之友人。芙蘿拉小姐的敵人便是尤爾諾瓦的敵人。」

一聽見誓言，對馬三人組都呆愣原地，臉色也變了。

「而且，芙蘿拉小姐的魔力屬性也已經辨別出來，在此就向各位明說了吧。芙蘿拉小姐持有的是世上罕見的『聖』屬性魔力。各位應該都知道，這是被那個亞斯特拉帝國尊稱聖女崇尚的存在。」

為了讓班上所有人都能聽見，葉卡堤琳娜如此聲明。

我就是想說出這番話，才會搭理對馬三人組。

「再說了，關於那番『圖謀不軌』的妄言……還真不像話呢。到底要怎麼做，才能引發那樣的現象呢？難道是事先從某個地方抓來那隻魔獸，再讓共犯運來學園嗎？或是知道失傳的亞斯特拉帝國祕法，並在當時召喚出來的嗎？哎呀，那還真是厲害！看來是有著非常不得了的組織或教養的人呢！哦呵呵呵呵！」

此時，葉卡堤琳娜突然壓低說話的音調。

背景是一片黑暗中降下落雷。

「妳們認為這種事情有可能發生嗎……？」

宛如爬行於地底的聲音，讓對馬三人組嚇得不禁顫抖。

要是大吼大叫就會被周遭阻止。但如果是發出低沉的聲音，便不太會被人阻止了呢。所以越是生氣的時候，不如就把聲音壓低吧。來，這在人生小考中會考喔～

「稍微思考一下，應該就明白了吧。」

葉卡堤琳娜忽然間轉換表情，露出微笑，接著拔高了開朗的聲音說道：

「若是連這點小事都不明白的蠢蛋，還不如快去被魔獸吃下肚，排泄出來比較好呢！」

哦呵呵呵！第三次反派千金的高聲尖笑，在班上陷入的一片沉默之中迴響。

……嗯，一邊說我自己也不禁覺得……

講「排泄」好像不太好吧。「排泄」耶。

明明是千金小姐呢，「排泄」是禁語吧。

但不知為何，自然就脫口而出了。

趕快放水流逃避這個話題吧。「排泄」剛好用水沖嘛。

「……我是這麼想的喔。」

呵地冷笑一聲。好了，這個話題到此結束！

……原本是希望可以這樣結束啦。

這時，我感覺到有人拉開椅子站了起來。

是誰啦。才這麼想，就發現對方是班上的中心人物，散發閃亮亮氣場，一臉位在班級金字塔上層的伯爵千金。

她站起身，朝我走來。

呵地笑了一下，葉卡堤琳娜也站了起來。雖然不知道她有什麼目的，總之來了就迎擊。

這還是我第一次跟伯爵千金正面相對。即使再次端詳，還是覺得她看起來相當閃亮，畢竟色彩就很亮眼嘛。一頭彷彿熊熊烈焰的紅髮及金色眼睛，紅色的中長直髮間像是挑染一樣混著金色的光輝。

有點日曬感的小麥肌，鼻子附近散落著一些雀斑。些許男孩子氣的漂亮臉蛋，雙眼散發銳利光輝，給人野性的感覺。況且她的身材結實，即使透過制服也看得出來，就像是運動選手那樣。

與其說是班級金字塔上層，不如說是會受女生歡迎的女生吧？以前高中時，班上也有這樣的人，應該就是在運動社團的比賽之類相當活躍，因為帶點男孩子氣也很帥氣，導致女生不禁發出尖叫的那種大哥型女子吧。

伯爵千金站到葉卡堤琳娜面前，與她四目相交，並以通透的聲音說道：

「明明是同班同學，這還是我們第一次交談呢。讓我再次向妳自我介紹，我叫瑪麗娜·克雷蒙夫。」

「謝謝妳特地前來招呼。我是葉卡堤琳娜·尤爾諾瓦。」

兩人都以優雅的微笑相互抗衡。瑪麗娜的色彩就像是黎明的妖精一樣明亮；相對的，有著一頭藍髮、帶點紫的碧眼，以及一身透亮白皙肌膚的葉卡堤琳娜，則宛如闇夜的妖精一般。面對面的兩位少女剛好相互映襯。

瑪麗娜瞇細了金色的眼睛，襯托苗條又緊實的身材，散發貓科生物般的氣息。

「尤爾諾瓦小姐，我……」

來吧，有何貴幹！

「我是來向妳道歉的。」

……咦？

瑪麗娜微微一笑。

「前幾天遭到魔獸襲擊時，我們大家都是多虧了尤爾諾瓦小姐與契爾尼小姐才得以獲救，卻一直沒有向兩位道謝，真的很對不起，還請兩位見諒。」

葉卡堤琳娜跟芙蘿拉不禁面面相覷。

「其實，我之前就一直很想跟兩位搭話了。然而，儘管我平常並非這種個性，依舊不禁卻步……畢竟……」

瑪麗娜整張臉霎時羞紅了起來。

「尤爾諾瓦小姐第一次出現在班上時……妳讓兄長牽著手一起走進來的身影實在太過美麗！而且整個人的氛圍很成熟，難以想像跟我同為學生，簡直是來自其他世界的人。讓我不禁覺得像我這種人是不是不該向妳搭話！」

喔喔……

抱歉，反派兄妹無謂地太氣勢凌人了。抱歉。

啊，要是兄長大人也一起現身，會是什麼樣的背景啊……像是全球爆紅的動畫電影中那座冰之城堡之類嗎？

啊！黑化的兄長大人成為冰之城堡的孤高城主這種設定，超萌的！

等等，現在才不是想這種事情的時候，我是笨蛋嗎！

不過瑪麗娜小姐看起來格外陶醉。她該不會是兄長大人的粉絲吧？

「但是，我漸漸覺得尤爾諾瓦小姐莫非其實是位親切的人。平常看妳跟契爾尼小姐聊天的樣子，還有剛才……」

像是要憋笑一樣，瑪麗娜話才說到一半就連忙閉上嘴。

剛才是指……「排泄」嗎？

關於「排泄」發言釣到伯爵千金這檔事。

不是吧，這也太奇怪了。雖然那是我說出口的話，但竟然會因為這樣而產生親切感，妳是小學男生嗎？

「契爾尼小姐也是，至今也對妳感到很抱歉。儘管聽說妳是庶民出身，卻比我還要優雅又漂亮，讓我不禁臆測起妳的出身是否並非如此，又或是有什麼隱情之類。」

聽她以豪邁的口氣如說是說，芙蘿拉睜大雙眼，隨即笑了出來。

再次跟芙蘿拉面面相覷後，葉卡堤琳娜也露出微笑。

「克雷蒙夫小姐，我明白妳的意思了。雖然這並非什麼該道歉的事情，但妳若是會感到介意，我很樂意接受妳的謝罪。妳這麼坦率的一番話，讓我感到很開心，也希望我們今後可以毫無隔閡地一起談天呢。」

「好高興啊！我很樂意喔，也請叫我瑪麗娜就好了。」

「那就叫我葉卡堤琳娜吧。」

「契爾尼小姐，我也可以叫妳芙蘿拉小姐嗎？」

「當然可以。」

三個少女相視而笑，氣氛也變得相當溫馨。就在這時……

「那個……」

傳來了一道畏畏縮縮的聲音。

「那個，我、我也想向妳道歉。那個時候……真的很對不起。」

站在瑪麗娜身後，一副拚命模樣的，是個將一頭帶著光澤的栗色頭髮用緞帶綁成一束，有著青草色眼睛的嬌小少女。她算是在班上比較不起眼的同學，大概是男爵千金吧。

但是，為什麼要向我道歉呢？

困惑地歪過頭之後，葉卡堤琳娜回想起來了。

「妳該不會是在演練場上……」

在逃離魔獸的途中跌倒的那個女生？

「是、是的，沒錯。我叫奧莉加・弗勒。當時我不小心跌、跌倒了。正當我覺得萬事休矣時，突然出現了一面土牆，是妳救了我。尤爾諾瓦小姐之所以會留在那邊，該不會是這件事害的……該不會都是因為我而來不及逃走。這讓我一直放在心上……」

不不不，才不是因為那樣。妳不用這麼介意啊！

但我總不能說出「因為我知道會有魔獸出現，所以那時鬥志滿滿，妳別擔心！」這種話。

所以，就先這麼說好了。

「妳應該沒有受傷吧？」

栗髮的少女睜圓了眼，拚命點頭。

「這樣啊。妳沒事就好。」

嗯。真的。

大家都平安無事，真是太好了。

「我只是有勇無謀，不過如此罷了。當時我可以逃走，也有辦法逃走。即使如此，我還是自己選擇了不這麼做，在那之後也被兄長罵了一頓呢。」

見我對她笑了一下，奧莉加的雙眼也泛起了淚，並回我一個淺淺的微笑。

「那個，還有我們也是！」

在奧莉加身後又出現了一群學生如此揚聲，讓葉卡堤琳娜不禁愣在原地。

以在班上坐擁最大勢力的瑪麗娜的跟班們（應該說粉絲般的女生？）為中心，還加入了男學生，大家都帶著格外熱誠的表情一步步進逼。

「我也想向妳道歉。」

「其實我一直都很想跟妳聊天。」

「對不起，我在那個當下逃走了。竟然有辦法跟那傢伙對峙，妳實在是太厲害了。」

呃——現在這是……怎麼回事？

這時老師走了進來，所有人才連忙回到各自的座位上。

這讓葉卡堤琳娜不禁陷入沉思。

還以為只要公然宣告兄長大人的誓言以及芙蘿拉妹妹是聖屬性的事情，應該就能避免明顯的惡意欺負了。然而剛才那個情況超出了我的預料。

那是怎麼回事啊？尤爾諾瓦公爵家的榮光也是原因之一嗎？

在遊戲當中，通關那段劇情之後，女主角照理說還會被欺負一陣子才對。這點是不是也漸漸偏離了遊戲的發展呢？

會不會就此再也沒人會欺負芙蘿拉妹妹了呢？還是馬上會啟動遊戲法則，將情況變回原本的狀態呢……

假使之後不會再有人欺負她，當然是一件很開心的事。但不敢保證在偏離遊戲之後，會不會產生出預料之外的問題之類，畢竟也不能說沒有這種可能性。

總之，還是不要太大意吧。

不過，這個世界是怎麼回事啊？

我以為自己轉生到遊戲世界，這裡有著像是魔力跟魔獸等，上輩子覺得不可能的事情，現在卻十分普遍。

而且一如遊戲劇本的劇情，很不可思議地也必然會發生。

然而，不僅如此。

跟上輩子一樣有人生活在這裡，人與人之間的關係也會透過接觸與溝通產生改變。

真的很普通……雖然這群人都是貴族啦。

我還是好害怕毀滅旗標。

但總覺得，這是一段重生之後的新的人生。

明明像是遊戲世界，卻讓人非常能體會到活著的感受。

「兄長大人，你愛我嗎？」

難得在放學之後跑來辦公室，妹妹現在露出一臉前所未見地嚴肅的表情如此問道，讓阿列克謝不禁睜圓了霓光藍的眼睛。

葉卡堤琳娜將雙手擺在胸前交疊出祈禱的手勢。以一頭藍色長髮鑲邊的白皙臉蛋，以十五歲的年紀來說滿成熟的，也帶著已經完成的美貌。

然而，她稍微睜圓的大眼，那帶著點紫的青色，卻又宛如才剛綻放的夏季花朵般純真。

這孩子總是有某些地方不太平衡。才見她提出足以讓公爵領地的幹部們深感欽佩，一點也不輸給大人的有益建言，卻又有著會因為孩子氣的小事而覺得開心，不諳世事的深閨千金一面。

一邊這麼想著，阿列克謝果斷地回答：

「那是當然，葉卡堤琳娜。難道我做了什麼會讓妳質疑這點的事情嗎？」

聞言，葉卡堤琳娜隨即露出明亮的笑容，模樣看起來開心得天真無邪。

一旦露出這樣的表情，有著甚至讓人難以親近的美貌的她，突然間看起來便會年幼許多。她自己應該一點都沒發現看在他人眼裡是這樣吧。

「怎麼會呢？並沒有這種事情。無論兄長大人做了什麼，或是說了什麼，我都不會質疑兄長大人的愛。只是突然想聽兄長大人說出這樣的話而已，還請原諒我的任性。」

阿列克謝不禁莞爾。這孩子的任性總是這麼可愛。

「葉卡堤琳娜，我愛妳。就算妳說不需要這種東西而拒絕，我大概也沒辦法消弭這份愛吧。即使終有一天妳不再愛我，也希望能原諒我，讓我繼續愛著妳。」

「哎呀，兄長大人，我也是一樣的心情喔。難不成兄長大人才是在質疑這點……」

話說到一半，葉卡堤琳娜突然噤聲。接著，她像是想到了什麼點子，露出笑容。

「我不可能不期望兄長大人的愛。但是，如果希望得到我的原諒，相對地，我想拜託你一件事情。」

「拜託我？什麼事情？」

「兄長大人每天都太忙碌了。而且你中午也說昨天還忙到比平常還要晚對吧。我很擔心你的身體。所以縱使只有今天也好，請先回去休息吧。今天一天就好，請為了我休息一下。」

「……」

一時之間說不出話的阿列克謝，這時咯咯笑了出來。

「這就是妳的拜託啊。會把這樣的事情說成任性的千金小姐，除了妳恐怕沒有第二個人了。妳的任性稱不上是任性啊，貼心的葉卡提琳娜。」

「兄長大人，我就趁這個機會明說了。我覺得兄長大人有點太小看自己現在忙碌的程度。若是太過忙碌，真的會對健康造成危害喔，因此請你聽進去吧。畢竟就連兄長大人敬愛的祖父大人也是那麼早就離世了。」

葉卡提琳娜一提到祖父，辦公室的氣氛頓時變得有些微妙。

發現這個變化，葉卡提琳娜露出了困惑的表情。此時阿列克謝平靜地說：

「我不太清楚祖父大人過世的原因。」

「這樣啊……是我說了不該說的話呢。還請原諒我。」

「不，別放在心上。只是因為沒跟妳說過而已。」

阿列克謝連忙朝著內疚的妹妹伸出手，撫摸著她藍色的頭髮。

葉卡提琳娜像是鬆了一口氣地露出微笑，並用頭輕輕蹭上阿列克謝的手。襯著她有些上勾的眼睛，這個宛如貓的動作十分惹人憐愛。正因為阿列克謝知道自己容易受人迴避，才會總是不禁寵溺覺得被自己這樣觸碰而開心的妹妹。

「所以說，妳希望我今天先將工作告一個段落嗎？」

「是的，就是這樣。雖然這可能會給要等兄長大人裁決的各位帶來麻煩……」

這時，諾華克輕咳了兩聲。

「今天的話，已經沒有急著要處理的案件了。」

「這樣啊？」

諾華克最近也是很寵葉卡堤琳娜。一邊這麼想著，阿列克謝對妹妹投以微笑。

「我知道了，今天就工作到這邊吧。所以妳也趕緊回去宿舍。比起我，妳才更該好好保重自己的身體。」

即使現在已經變得很有精神，讓人幾乎都要忘了葉卡堤琳娜直到幾個月前還處在軟禁狀態，身體十分虛弱。一想到那身更加襯托出她的美貌的白皙肌膚，也是因為幾乎沒辦法外出的坎坷遭遇所致，更是令人覺得可悲。回想起當她第二次昏倒時抱起來的身體是那麼纖瘦，阿列克謝再次認定自己才更該多加照顧這個妹妹。

這時，葉卡堤琳娜轉而露出滿面笑容。

「哎呀，真令人高興！你真的願意聽進我的請求嗎？今天會就此收工回去，並好好吃頓飯早點休息嗎？」

一發現願意聽進自己的請求，條件就會越疊越多的這種事情，總覺得之前也曾發生過。恭謹的妹妹只有在這種時候才會發揮強推的本事，這也該說是女人的強項吧。

「我不會對妳說謊。等我簽署完這份文件就會結束，所以妳也趕緊回去吧。」

「……好的，兄長大人，我會照你說的去做。」

感覺似乎仍有些擔心，但葉卡堤琳娜依舊點了點頭。該聽話時就能乖乖聽從這點，也是妹妹聰明的地方。

「給大家添麻煩了呢。」

阿列克謝這麼一說，辦公室的每個人都搖了搖頭。

「請別在意，閣下。」

第一個做出回應的是商業流通長哈利洛・塔拉爾。他有著一身讓人第一眼就知道出身異鄉的膚色。大概是因為經常受到葉卡堤琳娜建言，是最為認同這位千金的一個人。不僅如此，當祖母亞歷山德菈支配著公爵家時，他曾遭受革職，只能安排他在暗地提供協助的立場。看來是對於同樣受到祖母虐待的葉卡堤琳娜產生了同理心吧。

「大小姐的任性是神聖的嘛。」

礦山長艾倫這麼一說，就連阿列克謝也笑了。這話聽起來雖然有點怪，但葉卡堤琳娜的「任性」當中滿是對於兄長的關懷，也讓所有人覺得貼心。

「這是溫柔的大小姐一番溫柔的任性，要是不聽從，想必會遭天譴喔。」

感慨萬千地這麼說的，是侍從伊凡。

「千金小姐親手做午餐已經是很了不起的事情了，大小姐甚至連我的份都會準備。為了不讓午餐在替各位服務的時候冷掉，還特別包起來。我想，能像那樣一視同仁又溫柔的人，應該找不到第二位了。」

聽見自己的侍從這麼稱讚妹妹，阿列克謝呵地輕笑了一聲。

「伊凡，你能為了我的妹妹賭命嗎？」

「那是當然。」

伊凡爽朗地立刻做出回答。

「那我命令你。要是我有個萬一，屆時你性命尚存，就去保護葉卡堤琳娜。根據皇國現在的法律，女性也有成為宗主的資格。在我死後，葉卡堤琳娜就是尤爾諾瓦的女公爵了。」

距今十六七年前，根據在阿列克謝出生隔年所制定的法令，尤爾古蘭皇國正式承認女性宗主的權力。在那之前，雖然也曾有視情況及慣例讓女性成為宗主的例子，但政權相當不穩定，甚至還有被野心滿滿的親戚篡奪整個家世的狀況。基於各種原因而繼承了家業，卻又沒辦法守護的女性們立場，在當時的皇太子，也就是現在的皇帝陛下以及皇后陛下的努力之下，才總算推動了法令加以保護。雖然有部分勢力展現強烈反抗，依舊跨越重重難關，制定了法律。

「遵命。雖然要是閣下要是有個萬一，我應該也已經喪命。但要是事情發展成那樣，我會誓死保護大小姐。」

伊凡是阿列克謝的侍從，也是護衛，還是被稱作價值等同於他身高的黃金那般特殊的護衛。在祖父驟逝之後僱用的他徹底被祖母討厭。正因如此，面對阿列克謝這位後來出現，與祖母截然不同的家人——無論對主人或自己都很溫柔的葉卡提琳娜，伊凡肯定也相當重視。

「不過，大小姐漸漸變得像個操心的母親了呢。」

聽諾華克一邊整理著簽過名的文件這麼說，阿列克謝露出苦笑。

「她的確有些太過擔心了呢。不知道她是從哪裡聽說太過忙碌會對性命造成影響這種事情。明明拜協助擔起國政的祖父大人的各位之賜，根本不會造成那種事態。」

在阿列克謝底下任職的公爵領地幹部們，曾經都是祖父謝爾蓋的部下。以宰相為首，曾任外務大臣等國政要職的祖父，雖然難以分配太多時間處理公爵的工作，公爵領地的業務卻依舊能順利進行，都是多虧了這樣完善的體制。

更何況在祖父過世之後，繼承尤爾諾瓦公爵爵位的父親亞歷山大簡直沒有要工作的樣子，完全丟給諾華克他們處理。儘管年幼的阿列克謝代為處理了部分工作，仍多虧這個體制能有效作用。而且大家的能力都很高，足以撐過那段時期。

在阿列克謝代理公爵業務之前的那幾年，也曾遭遇相當危險的情況。但無論如何，終究維持了下來。

距離阿列克謝繼承公爵爵位未滿一年。先是要匡正祖母介入安排的人事，還得查證可疑的金錢流向，確實相當忙碌，不過不到致死的程度。

「聽她的語氣，似乎認為祖父大人是因為過於忙碌而亡的樣子。」

聽了阿列克謝的喃喃細語，辦公室的其他人很快地彼此交換了眼神。

「……關於謝爾蓋公……關於他死前的事情，又不能輕率地跟大小姐明言。雖然或許是有別人隨便講了那樣的事，卻也不敢肯定。畢竟在公爵領地的本家宅邸，也沒讓太多人知道這件事情。」

諾華克以沉重的口吻這麼說。

「閣下……您要向大小姐說明嗎？」

艾倫試探性地問道。但阿列克謝只是搖了搖頭。

「還太早了。」

「閣下要兼顧學業及公爵的工作，或許她是在擔心學業這方面吧。畢竟大小姐是在入學前一個月才正式學習基本學業。想必她為了追上落後的進度，每天都很認真努力吧。」

「是啊，我還比較擔心那孩子。雖然還是有乖乖遵守熄燈時間的樣子。」

沒錯，宿舍的熄燈時間都是規定好的，固定在晚上十點。生性認真的阿列克謝有確實遵守。早上在日出的同時就會清醒，也習慣進行武藝的訓練，雖然睡眠時間會隨著季節而縮短，但也足夠了。

葉卡堤琳娜會開始擔心阿列克謝的過勞死旗標，也是在看到阿列克謝在陪伴倒下的葉卡堤琳娜時還被工作追著跑的樣子。但冷靜下來想想，那是在花了好幾天的路程，剛從公爵領地抵達皇都之後，才會堆積了一些急件。而且還是在三月這個年度結算的忙碌時期。

也就是說，除此之外的時間，應該不至於忙成那樣。

「說起忙碌的程度，那孩子無論是料理還是其他事情，全都太過認真了。身體明明就體弱多病，她到現在似乎仍沒有自覺，考慮的總是別人的事情，都不是她自己……她很溫柔，而且太過溫柔了。」

「為了不讓大小姐太過勉強，得好好保護她才行。米娜在這方面應該也有格外留心，但她似乎也很容易就太寵大小姐了。我會再向她叮囑一聲。」

因為上輩子的心理陰影，造成一旦看到忙碌的人，馬上就會在意對方有沒有豎起過勞死旗標。她卻沒有很在乎自己的忙碌。明明就是上輩子過勞死的當事者，也不知道究竟有沒有學到教訓。葉卡堤琳娜完全沒有注意到自己如此矛盾。

究竟有沒有她會客觀審視這方面的一天呢？

總之一時半刻，應該是還不會到來。

後記

非常感謝各位看完這本作品。初次見面，我是浜千鳥。

本作是所謂「反派千金設定」。主角轉生成在現實世界中曾玩過的少女戀愛遊戲中的反派千金，也知道要是照著遊戲的劇情發展，人生就會陷入毀滅的結果，於是為了逃離這樣的命運而展開艱苦對抗——這樣類型的故事。

當我第一次知道有這種故事設定時，只覺得「轉生到遊戲世界？遊戲世界難道不是不存在的世界嗎？什麼意思？」費解不已。但這樣的心情反而讓我留下強烈的印象，並不禁思索起要是由自己來寫，會是什麼樣的故事，又會用怎樣的角色詮釋呢？應運而生的便是這部作品，以及葉卡堤琳娜跟阿列克謝他們。

小學的時候我就很喜歡寫故事，不過最近有段時間沒接觸了，所以本作是我久違寫下的小說。令人感謝萬分的是，有許多讀者看過刊登在網站上的本作品，也多虧如此，讓BEANS文庫的編輯相中了本作品，才能進而像這樣出版成冊。

真的非常感謝最喜歡眼鏡男子的編輯大人。阿列克謝是個戴著單片眼鏡的角色，實在太好了！但先不論這種玩笑話，對於我這個人生第一次出書，所有事情都摸不著頭緒的人來說，有您仔細地教會我每一件該做的事情，真的幫了我很大的忙。也多虧了編輯，才讓我在很早的階段就抹去了亂想這是不是什麼整人節目之類的不安。雖然說穿了會抱持著這種不安，足見我是個多麼膽怯的人。真是不好意思。

還有替本作畫了如此完美插圖的八美☆わん老師，非常感謝您讓我如此幸福。有美麗的阿列克謝，還有可愛的美人葉卡提琳娜。真的是太美好了！

另外，對於本作剛開始在網站上發表時就閱覽的各位讀者，我唯有滿心感謝。甚至還有給我感想，或者寫下心得的讀者，帶給我無從計量的動力。

在網站的感想欄位中，有很多人都這樣表示：

「拜託就讓兄妹成為一對吧。」

「兄長大人這座牆簡直比聖母峰還要高。」

「無論兄妹感覺都沒辦法跟其他人談戀愛了。」

最喜歡兄長大人的葉卡提琳娜，以及最愛妹妹的阿列克謝的未來，究竟會如何發展呢？

希望各位敬請期待。

浜千鳥

國家圖書館出版品預行編目資料

反派千金轉職成超級兄控 / 浜千鳥作 ; 黛西譯. --
初版. -- 臺北市 : 臺灣角川股份有限公司,
2021.02-
冊 ; 公分. -- (Kadokawa fantastic novels)
譯自 : 悪役令嬢、ブラコンにジョブチェンジします
ISBN 978-986-524-248-0(第1冊 : 平裝)

861.57 109020417

Kadokawa Fantastic Novels

反派千金轉職成超級兄控 1

（原著名：悪役令嬢、ブラコンにジョブチェンジします 1）

2021年2月22日　初版第1刷發行

作　者：浜千鳥
插　畫：八美☆わん
譯　者：黛西

發行人：岩崎剛人
總編輯：蔡佩芬
編　輯：邱瓈萱
美術設計：吳佳昀
印　務：李明修（主任）、張加恩（主任）、張凱棋

發行所：台灣角川股份有限公司
地　址：105台北市光復北路11巷44號5樓
電　話：（02）2747-2433
傳　真：（02）2747-2558
網　址：http://www.kadokawa.com.tw
劃撥帳戶：台灣角川股份有限公司
劃撥帳號：19487412
法律顧問：有澤法律事務所
製　版：尚騰印刷事業有限公司
ISBN：978-986-524-248-0